Anja Liedtke

**Schwimmen wie ein Delfin
oder
Bowies Butler**

Anja Liedtke

Schwimmen wie ein Delfin oder
Bowies Butler

Die Handlung ist rein fiktional. Die biografischen
Informationen und Interviewtexte zu David Bowie,
Mick Jagger, den Rolling Stones und Robert Redford
stammen aus mehreren Biografien.

assoverlag

Was ist die Hölle?
Wenn die Begierde zu einem Durst wird, der niemals gestillt werden kann.
Michel Houellebecq *in einem Interview mit der ZEIT*

Wozu? Fragte er sich, wie in einer grausamen inneren Erleuchtung. Und
wenn ich auch wüsste, dass das, was ich hier schrieb und schreiben werde,
herrlich würde ohne Vergleich – wäre ich nicht trotzdem mit Freuden
bereit, all diese Papiere zu verbrennen, wenn es mir dafür vergönnt wäre,
in dieser Stunde Marcolina zu umarmen?
Arthur Schnitzler: *Casanovas Heimfahrt*

Wenn sie ein Bild von mir haben, dann ist es ja nicht realistisch, dann ist
es über Kunst vermittelt oder von den Medien; jedenfalls hat es nichts mit
meiner banalen und wahrer Existenz zu tun. Aus diesem Grund würde
ich auch nie mit einer Frau ins Bett gehen, die aufgrund eines Bildes, das
sie von mir hat, mit mir ins Bett gehen würde. Weil ich das Gefühl habe,
sie kann unmöglich mich meinen, und ich bin in der Frage leider extrem
altmodisch, also: Ich will gemeint sein.
Robert Menasse *in einem Bericht der ZEIT*

Wenn er bisher etwas gelernt hatte, dann dies: Man musste in das Spiel
passen, die Rolle, die man hatte, erfüllen.
Robert Menasse: *Die Vertreibung aus der Hölle.*

Vollmond schien auf die Windschutzscheibe. Pink Floyd passte zu dieser Nacht auf der Autobahn. Ein grauer, gerader Weg in den Sonnenaufgang. *The Wall* schallte aus dem offenen Verdeck, um vom Winde verweht zu werden, ungehört von jemand anderem. Alex war allein auf ihrer Straße.

Was waren das für Menschen, die behaupteten, das gleichförmige Gleiten auf der nächtlichen Autobahn wirke einschläfernd?! Es wirkte wie Kokain!

Alex presste die Knie gegeneinander, bis sie rot anliefen. Sie konnte nicht still sitzen, stellte den Fuß für die Kupplung, die sie für Hunderte von Kilometern nicht benutzen musste, gegen das Armaturenbrett und legte die Hand zwischen ihre Beine.

Koffer, Kosmetika und Kochgeschirr klapperten, als sie auf die Autobahn Richtung Basel rumpelte, nicht aber das Rennrad. Es lag auf einer dicken Schicht Wolldecke, Isomatte, Futonmatratze, Bettdecke und Kopfkissen. Alex hatte dafür gesorgt, dass sie auch kalte Nächte im Auto überstände und eine einigermaßen glatte Fläche zum Liegen bekäme.

Am Abend vor der Abreise hatte sie ihren Corsa Joy beladen: eine Leinentasche voller Sonnencreme, die immer ranzig wurde, Shampoo, Haut- und Haarkuren, Haarspray, Aspirin und Kompensan, ein zu heiß gewaschenes Herrenrennrad Rahmengröße 51 auf Steppdecke und Gesundheitskissen, ein Laptop, das zu Alex' Leidwesen immer

7

noch nicht mit Solarenergie gespeist werden konnte, Gaskocher, chinesische Tütensuppen, Nüsse, Müsli, Milch und Matetee, ein Fußraum voller Bücher, zwei oder drei Euroschecks sowie Karten von Montreux bis Saint Tropez, von Saint Tropez bis San Sebastián, von San Sebastián bis Nantes. Sie hoffte, nie zurückzukehren.

Montreux

Sie schloss das Verdeck. Die wenigen noch verbliebenen Kilometer zogen sich immer länger, unerreichbar das unbekannte Ziel. Es war wie ein sich wiederholender Alptraum. Wieder in Montreux. Was für ein Unsinn.

Der Blick auf den Genfer See, schockierend schön und berauschend, wurde von Zelten verstellt, von tropfenden Plastikplanen, Straßensperren, Scheinwerfern, die aus technischer Finesse nicht in der Feuchtigkeit explodierten. Jazzfestival. Auch das noch! Sie parkte im Halteverbot am Ufer. Seit sie das letzte Mal hier gewesen war, hatten sie dort, gefährlich nah am Wasser, das Denkmal eines Toten aufgestellt. Freddy Mercury.

Alex wagte sich auf dem Steg aus Gitterrost noch weiter über das Wasser vor als Freddy Mercury. Sie stellte den Tagesrucksack ab und sah, wie im Film *Der Marathon-Mann* mit Dustin Hoffman, Diamanten durch den Rost fallen. Sie widerstand der Versuchung zu springen. Sie drängte sich ans Geländer, bis ihr Venushügel schmerzte, und ließ den Kopf über dem Wasser hängen, die Augen in den See fallen, wo sie Schlamm, Fische und Plastik fanden.

Als es windig und kalt wurde, sich der Nebel über dem Wasser sammelte und Freddy Mercurys Standbild verhüllte, kroch sie in den Wagen, startete den noch warmen Motor und fuhr aus der Stadt den Berg hinan Richtung Caux.

Sie steuerte die Serpentinen hinauf durch den Wald. Wenn sie die Wahl hatte, nahm sie den schmalsten Weg und den nach oben.

Aus Asphalt wurde Schotterpiste. Der Regen musste stark gewesen sein. Sie sah, dass der Straßenbau der Erosion Vorschub leistete. Ein Baum war die Böschung heruntergerutscht, Alex umfuhr ihn. Sie fuhr so lange und so weit in den Wald hinein, bis Steine, die der Regen von den Hängen auf die Straße gespült hatte, unter die Ölwanne schlugen. Doch der Wagen fuhr noch. Bis endgültig dicke Felsblöcke nicht mehr unter den Spoiler passten, bis die Einsamkeit erhaben wirkte.

Sie rumpelte über ein Kuhgatter. Als sie den Schatten der Felswände verließ, tat sich ein Wind auf. Der Pass war erreicht.

Col de Jaman, 1512 MüM

Sie packte das Rennrad aus dem Kofferraum, klappte die Autositze nach vorn, glich die Fläche mit Koffern und Taschen aus, breitete die Futonmatratze darüber, schüttelte Federbett und Gesundheitskissen auf, schob das Rad zum Schutz vor Regen unter das Auto.

Schnee knirschte unter den Füßen, der Wind schlug ihr die Haarspitzen in die Augen. Sie hockte sich über schlammige Erde, die ersten wilden Veilchen kitzelten den Hintern. Sie wusch sich im Bach zwischen den Blättern, zündete den Gaskocher an, setzte sich dicht vor die Flamme, um sie zu schützen, stand mit der Tasse auf, schaute ins Tal über den Genfer See und hielt ihre Haare fest. Regenwolken trieben unter ihren Füßen. Die Zehen froren in den Wanderschuhen.

Alex packte Rad und Kocher wieder ein, klappte die Sitze in Fahrposition und fuhr zum Hotel bei der Zahnradbahn ab.

Dort saßen internationale Gäste des Jazzfestivals bei Kerzenlicht, Champagner und duftendem Dinner. Sie hoben die Blicke, als die Tür zur Nacht aufging und Alex mit einem Windstoß, der die Kerzenflammen bog, hereintrat.

Alex' Schultern zogen sich zusammen, als die Blicke sie trafen und sich wieder abwandten. Alex folgte der asiatischen Kellnerin, die plauderte, sie habe an der berühmten Hotelfachschule der Schweiz gelernt, die knarrenden Stufen hinauf in die niedrige Stube.

Alex hörte den Fernseher und eine Frau im Nachbarzimmer in ihr Handy schreien: »Das habe ich nicht getan!« Unten sangen sie *Bella Ciao*, applaudierten und lachten, klatschten eine Polka und rock 'n' rollten zum Klavier. Von draußen läuteten Kuhglocken herein. Es duftete nach gefällten Lärchen. Alex wäre gerne die Boje auf dem Genfer See gewesen, um die die Boote gekreist waren.

Um fünf Uhr am Morgen wurde sie von einer Toilettengängerin geweckt. Der Klang der Kuhglocken hallte in Alex' verstopften Ohren. Weicher Wind wehte hinein, ein Hauch von gesenstem Gras, Stimmen in verschiedenen Sprachen. Hinter ihren Trommelfellen hatte sich Flüssigkeit gebildet, die schwang und warf die Töne in den Kopf zurück. Auf der Terrasse auf gleicher Höhe mit den Schneegipfeln warteten Funktionäre des Festivals auf die Zahnradbahn nach Montreux.

Goldene Panzerketten klingelten um Hals und Handgelenk einer Dame, die den Kosmetikkoffer aus Edelstahl neben den Frühstückstisch stellte, das Handy neben das Weißweinglas zum Frühstück legte und dem Wirt ihre Dreiecksgeschichte erzählte. »… Der sagt: schmeiß ihn raus. Ich zieh zu dir. – Aber ich weiß doch nicht, ob der mich nicht genauso behandelt wie seine eigene Frau. Besonders, da er doch meine Tricks kennt. Bei meinem weiß ich wenigstens, woran ich bin, verstehst du? Da kann ich mir die Freiheit nehmen, mal zu sagen, ich brech für zwei Tage aus, um zu dir herauszufahren. Schön hast du's hier. Er meckert zwar, aber er tut nichts. Und ich sag mal, mir geht es ja gut. Ich habe das schöne Haus, und wenn ich es nicht mehr aushalte, dann fahre ich für zwei Tage zu dir hier herauf. Schön hast du es hier. Und deine Frau ist wirklich ein Engel. Und fleißig. Die hast du richtig gut erzogen.«

Die Begegnung mit ihrem Außenminister Joschka Fischer in der französischen Morgenpresse freute Alex. Als ob sie Heimweh hätte. Fischer kämpfte auf dem internationalen Gipfel in Rio um die Limitierung der CO_2-Emmission, aber George Bush stand dagegen. Es half auch nichts, dass Robert Redford seine Regierung als ignorant bezeichnete.

Als die Dame in ihrem Jaguar gen München verschwand, nahm Alex ihr geröstetes Baguette mit auf die Sonnenterrasse, lauschte der Zahnradbahn und den Kuhglocken, sog die Sonne ein, die nach dem

Regen durch die klare, saubere Luft stach. Ein Segelkurs wendete um die Boje, der See gleißte unter den Gipfeln, Adler kreisten.

Alex schlingerte den Berg hinunter auf die Autobahn Richtung französische Grenze.

Um 13:00 Uhr hatte die Agence national pour l'emploi wieder geöffnet. Solange sie darauf wartete, drangenommen zu werden, betrachtete Alex die Anzeigenstellwände. Recherche, Logistique, Boulanger, Personnel de restaurant, Affaires sociales. Alex versuchte einem Mädchen den Vortritt zu lassen, aber das wollte auch nicht. Sie war so nervös, dass sie die Konstruktionen, die sie auswendig gelernt hatte, vergaß. Ihr Gegenüber, ein Monsieur, der sich als ebenso nervös und noch dazu als Stotterer erwies, sagte immerzu »Oui«, aber am Ende ihrer langen Rede war klar: Er hatte kein Wort verstanden.

Die wortwörtliche Wiederholung war Alex peinlich, Variationen beherrschte sie nicht, also schränkte sie ihre Berufswünsche ein. Endlich hämmerte der Stotterer auf seiner Tastatur.

Das Ergebnis: »Rien.«

Kurz vor Grenoble

Wie grässlich melancholisch war es, als einziger Gast eines riesigen Hotelkomplexes auf dem Gipfel eines Skiberges zu hocken, dem unaufhörlichen Regen zuzusehen und zu frieren. Sie kratzte die Mückenstiche auf, hörte den Regen auf den Balkon schlagen, fühlte ihren Hals, hatte sich vor Verausgabung und Verzweiflung erkältet.

Je näher sie Montreux kam, desto klarer wurde das Bild, wie sie wieder einmal traurig am Ufer des Genfer Sees säße. Vor Jahren war sie das erste Mal nach Montreux gekommen. Es war früher Morgen gewesen, Nebel über dem See, Tau in den Straßen der Stadt. In einer Gosse hatte sie eine tote Ente gefunden. Ein Polizist war vorbeigekommen und hatte sie weggeräumt. Eine Vorausdeutung auf ihr Schicksal. Eines Tages bliebe sie in Montreux. Tot in einer Gosse würde sie von einer Touristin oder einem Polizist gefunden werden. Montreux war immer der Ort gewesen, wo ihre Europareisen ihren Anfang genommen hatten oder endeten. Doch Montreux war auch der Ort, wo die Verzweiflung am größten gewesen war. Sie konnte sich nicht mehr vorgaukeln, ein Ortswechsel mache alles besser. Sie schaute aus der Balkontür des Hotels. Ihr Atem war sichtbar trotz des Hochsommers. Unten ruhte die wasserblaue Plastikmatte des Swimmingpools. Hinunter zu springen wäre ein Filmklischee. Also bevorzugte sie, heiß zu baden und zu frühstücken. Alex riet jedem Selbstmordkandidaten zu einem französischen Frühstück und dann in die Natur zu gehen. Nur raus aus der Stadt und den engen Wänden, die den Horizont beschränkten, wo man nicht weiter sehen konnte als bis zur nächsten Hauswand.

Beim Frühstück träumte sie ihren Lieblingstodestraum. Im Genfer See untergehen. »Unsinn«, dachte sie, das funktionierte nicht mehr. Zu oft hatte sie in eiskaltem Wasser gebadet, war darin viel zu trainiert, als dass sie einen Krampf bekäme, bevor der Rettungsinstinkt einsetzte. Und nach einem unfreiwilligen Schluck Wasser aus jenem letzten Bergbach unterhalb dieses Hauses, wo sie Schlamm und Algen losgetreten hatte, würde sie auch die Kolibakterien des Genfer Sees überleben. War man über ein gewisses kritisches Alter hinweg, wurde die Selbsttötung immer schwieriger. Das Leben trainierte denjenigen, der sich ständig auf den Tod vorbereitete. Es eröffneten sich immer neue Möglichkeiten, auch wenn man es nicht wollte. Da der Selbstmordkandidat stets mit dem Tod lebte, war er gewohnt, mit ihm umzugehen. Und weil er jede Stunde als seine letzte betrachtete, begann er sie zu genießen.

Und immer wieder stellte sich heraus, dass es gut gewesen war, noch nicht zu springen. Alex hätte diesmal zum Beispiel nicht gesehen, dass es den Gipfel vor dem Hotel beschneit hatte.

Es schneite immer, wenn sie nach Montreux kam.

Blonay, Kanton Waadt

Sie fuhr langsam. Denn sie war nicht sicher, ob sie nicht gleich die Autobahn Richtung Basel und deutsche Grenze wählen sollte. Weiter nach Süden reisen konnte und wollte sie nicht mehr. Was hatte das für einen Sinn? – Was hatte es für einen Sinn hier zu sein?

Sie wählte eine unbekannte Straße, in deren Verlauf sie den Sinn des Hierseins aus dem Gedächtnis verlor. Denn er lag nicht mehr in ihr, noch musste er über Nachdenken erschlossen werden. Er lag vor ihr. Sie brauchte nur das Fenster herunterzukurbeln und das Verdeck zurückzufahren, dann drang er ein. Der Sinn. Sie brauchte nur auszusteigen, dann stand sie drin. Im Sinn des Hierseins. Die Schönheit der Natur. Sie stand hoch über dem Genfer See bei einem Bergdorf namens Blonay.

Zwischen den Gipfeln öffnete sich ein weites Hochtal, durch das ein glitzernder, klarer Bach plätscherte. An seinen Ufern stiegen bunte Flecken wilder Orchideen oder Veilchen, pinkfarbene Fetthennen, lila Disteln, gelbes Steinmoos und Löwenzahn auf, bis es ihnen unter den Gipfeln zu windig, zu kalt und zu hoch wurde. Am Rande des Baches stand eine Sennhütte aus grobem, grauem Granit.

Alex hielt an, badete im kalten Wasser, drehte die Musik auf Anschlag, kletterte auf das Auto. Das machte Beulen im Blech und Blasen in der Seele. Sie breitete die Arme aus, um sich mit Landschaft und Himmel zu vereinen und sang: »I would do anything for love.«

Zuerst hatte sie sie nicht bemerkt. Erst als sie fast ihr Fell berühren konnte, tauchten sie aus der Wiese auf. Zwei Gämsen. Sie blieben stehen, als auch Alex mit der Wiese verschmolz. Die Tiere starrten sie an, bewegten sich nicht. Der Wind zerrte an ihrem Fell. Alex hob die Hand, um sie zu berühren, die Gämsen sprangen davon.

Nichts und niemanden bekam sie je zu berühren, zu fühlen, zu halten. Alles nur Eindrücke, alles nur Schein. Alex sprang vom Autodach, schwang sich in den Wagen, kramte nach einer neuen CD auf der Ablage. Sie stutzte. Sie schaute durch die dreckige Windschutzscheibe auf die Hütte, zurück aufs Queen-Cover. Dieselbe Hütte. Sie drehte das Cover vor das Seitenfenster. Der Genfer See im Hintergrund. Das in einer Bildbearbeitung nahe gerückte Denkmal des toten Freddy Mercury und seine Band davor. Das letzte Queen-Cover. Eine Weile saß sie da und schaute.

Sie packte das Rennrad aus dem Kofferraum, klappte die Sitze nach vorn, glich die Fläche mit Koffern und Taschen aus, breitete die Futonmatratze darüber, schüttelte Federbett und Gesundheitskissen auf, schüttete Rooibos in Tasse und Auto. Als der Tee fertig war, stellte sie die Tasse in die Mittelkonsole, schlug vorsichtig die Wagentüren zu, damit die Tasse nicht umkippte. Sie kroch auf die Ladefläche, zog die Ladeklappe herunter, zog sich im Liegen die Jogginghose an, stellte die Schuhe in den Fußraum bereit, falls Wein und Tee wieder heraus wollten. Sie trank Tee, aß Kekse, tastete nach einer geschmolzenen und wieder hart gewordenen Tafel Schokolade unter dem Fahrersitz, wischte den Staub von der Hand, legte sich schlafen – und glitt unmerklich in einen neuen Lebensabschnitt hinüber. Doch das bemerkte sie erst, als er bereits begonnen hatte.

Boss und Butler

»Ich könnte den Garten pflegen, ich kann mit zehn Fingern in Word oder Word Perfect schreiben, ich kenne mich im Internet aus und beherrsche die HTML-Programmierung.«

»So viele Jobs. Was würden Sie denn bevorzugen?«

»Gartenarbeit oder Ihr Butler werden.«

»Ein weiblicher Butler?«

»Ein anderer ist mir nicht möglich. Aber das Resultat ist dasselbe.«

»Ist es?«

»Yes. Auf meine Leistungen kommt es an, nicht auf meine Person.«

»Haben Sie Referenzen?«

»No.«

»Sie haben nie in diesem Job gearbeitet.«

»Geben Sie mir eine Chance und ich werde gut sein.«

»Warum wollen Sie ausgerechnet für mich arbeiten?«

»Weil Sie Engländer sind. Solange ich nicht besser Französisch beherrsche, kann ich ausschließlich für Engländer oder Deutsche arbeiten. Und ich brauche einen Arbeitgeber, dem ich vertrauen kann.«

»Vertrauen.«

»Sie wissen schon, Sir.«

»Eigentlich nicht.«

Alex atmete aus. »Ein Arbeitgeber, der seinen Angestellten … keine grausamen Dinge antut – wenn ich das so ausdrücken darf.«

»Warum sind Sie sich bei mir sicher?«

»Weil Sie eine Person des öffentlichen Lebens sind, Sie können es sich nicht leisten … und Sie haben es nicht nötig.«

»Habe ich nicht?«

»Sie wissen, was ich meine, Sir.«

»Und wie kann ich sicher sein, dass nicht *Sie* mir grausame Dinge antun? Der Job als Butler, und jeder andere in diesem Hause, erfordert eine Person von absoluter Diskretion.«

»Sie können nicht absolut sicher sein, bis ich es bewiesen habe. Genau wie *ich* nicht sicher sein kann. Das ist das sogenannte Restrisiko.«

Er lachte. Falls dies eine Journalistin war, dann war sie perfekt getarnt, dachte der barfüßige Mann in Jeans, weißem Hemd und Sonnenbrille. Um die Brille wehten graublonde Haare im kühlen Morgenwind. Die Hüfte, deren Knochen hervortraten, stand schräg, der Fuß war nach innen geknickt und erinnerte an eine Rock-Tanz-Pose.

Aber selbst eine perfekt getarnte Journalistin würde nicht all diese Dinge mit sich herumfahren. Ein Rennrad auf verölter Bettwäsche auf einem krümeligen Futon. Durch die Ladeklappe sah er bis in den vorderen Teil des Autos. Dort sammelte sich, was man zum Campen und Picknicken brauchte. Der Fußraum war gepflastert mit Büchern. Er versuchte die Titel zu erkennen, aber sie verschwammen im Braunschleier seines mittleren Sehfeldes. –

Alex dankte Gott, dem Schicksal, dem Zufall oder sich selbst, dass sie gerade noch rechtzeitig beschlossen hatte, aufzustehen und sich anzuziehen. Als jemand kam, war sie bei den Wanderboots. Und hätte sie gestern ihr Kochgeschirr auf der Terrasse der kleinen Berghütte aus Alpengranit stehenlassen, wäre aufgefallen, wie lange sie schon da war. Er hätte sie die ganze Zeit beim Einräumen beobachtet.

Sein Gesicht war jung, doch Mitte fünfzig. Gepflegt, aber nicht gel-iftet. Die Mimik war beweglich, wenn er wollte. Zuerst drückte sie Misstrauen aus, später Sympathie. Die schiefen Zähne – die Eckzähne waren früher verdreht und von vielen Gitanes verfärbt gewesen – waren durch ein ebenmäßiges Hollywood-Gebiss ersetzt worden. Alex bedauerte das. Schiefe Dreier waren ihr Schönheitsideal. Die Haare trug er heute lang. Hunderte von Malen im Leben hatte er die Frisur geändert. Blond war seine natürliche Farbe gewesen, rot hatte ihn die erste Ehefrau gefärbt. Jetzt bekannte er sich zum Grau, als wollte er damit unterstreichen, dass er ein normaler, alternder Mann geworden war. Er sah aus wie sein Freund John Lennon. Elisabeth Taylor hatte ihn in den 70er Jahren in ihrer Villa in Beverly Hills vorgestellt. »David, kennst du John?« Mit einem offenen Lächeln und voll Bewunderung für den berühmtesten Star der Welt hatte David John angeschaut und erwidert: »Nein, aber ich wollte ihn schon immer gern kennenlernen.«

Alex parkte auf seinem Grundstück. Er fragte, wem dieses Auto gehöre. Sie beteuerte, sie habe nicht bemerkt, dass hier Privatbesitz sei, sie fahre sofort weg. Er fragte: »Sie sind Deutsche? Sie können ruhig da stehenbleiben. Die Berliner haben noch etwas gut bei mir.«

»Dann«, konterte Alex, als er sich umdrehte, um barfuß den Tau zu treten, »geben Sie mir einen Job. Damit ich lange in Blonay bleiben kann.«

Er lachte über die Schulter hinweg. »Was für einen Job sollte ich für Sie haben?«

So war es zum Einstellungsgespräch auf der Alm, dann auf der Granitterrasse des Hauses namens Clos de Mésanges (Meisengehege) und schließlich in seinem Arbeitszimmer voller Holz und antiker Möbel gekommen. An den Wänden hingen seine Linol- und Holzschnitte, Lithographien und Ölgemälde, aber Alex zwang sich, sie nicht genauer anzusehen. Sie war nicht Gast, sondern wollte Butler werden.

Sie fühlte, sie machte einen seriösen Eindruck. Ebenso spürte sie, wie sich der Schweiß unter ihr auf dem Ledersessel vor dem Schreibtisch sammelte. Hoffentlich würde es ihre Aufgabe werden, das zu entfernen.

Die Schweißproduktion hatte eingesetzt, als er vor dem antiken Schreibtisch aus dem viktorianischen Zeitalter angekommen war und die Sonnenbrille abgesetzt hatte. Alex hatte ihn zwar erkannt, aber mit diesen Augen auf kurze Distanz konfrontiert zu werden, erschreckte sie. Gab es noch einen Menschen mit zwei verschiedenen Augen auf der Welt? Er hatte etwas von Mephistopheles und vom Elefantenmann, von Pontius Pilatus, der den naiven Sozialrevolutionär verurteilte, von den Rollen, die er gespielt hatte. Den wollte Alex zum Arbeitgeber? Sie, die einen Engel, einen Erzengel, einen Halbgott brauchte, der etwas von Gerechtigkeit und Nächstenliebe verstand?

»Wie viel wollen Sie denn verdienen?«

»So viel, dass ich essen und wohnen kann, und ein wenig Taschengeld für Kaffee und Bücher, Sir.«

»Wohnen und essen müssen Sie hier, wenn Sie mein Butler werden wollen, und als solcher müssen Sie ständig bereitstehen, das ist Ihnen doch klar?«

»Yes, Sir.« Alex strahlte bei dem Gedanken, in einem der stillen Zimmer dieses hölzernen Hauses leben zu dürfen. In der oberen Etage wäre es hell, der Blick weit und unverstellt von anderen Häusern. Sie waren allein auf dem Berg.

»Eine Frau einstellen. Ich bin nicht so begeistert von der Idee. Gestehe aber, dass Sie mich interessieren.«

»Nicht ich bin interessant, Sir, sondern meine Leistung.«

»Und ich bin kein Sir, dazu konnte sich Queen Mum nicht durchringen, sondern Mr. Bowie für Sie. – Nicht Sie sind interessant, sondern Ihre Leistung. Interessante Formulierung. Könnten Sie sich ausführlicher dazu äußern?«

Seine Sprache war leicht affektiert. Alex passte sich an und ahmte sie nach. »Damit wollte ich von der nicht zu vermeidenden Tatsache wegkommen, dass ich eine Frau bin.«

»Ich soll Sie nicht als Frau sehen.«

Sie suchte nach einer Erklärung. »Kann ich offen reden?«

»Ich bitte darum.«

»Ich bin kein Fan, der etwas von Ihnen will, ich meine, falls Sie das fürchten, Mr. Bowie. Ich will nur einen Job.«

Das eine Auge war ebenso hellgrün wie ihre beiden. Im anderen aber war das Grün von der vergrößerten schwarzen Pupille fast verdrängt, sodass es dunkelgrün erschien. Die große Pupille drohte Alex in ein schwarzes Loch im Universum seiner genialen Intelligenz aufzusaugen. Der Blick war starr und analysierend. Es schien, als werte er jedes Wort aus, das sie sagte, jede Veränderung in ihrem Gesicht, jede Bewegung, ihre Haltung, als nehme er alles auseinander und bilde sein eigenes Urteil. Und nichts deutete daraufhin, wie die Wertung ausfiel. Alex suchte vergebens in dem starren Blick.

Genauso hatte ihn sein erster Manager Kenneth Pitt beschrieben. Schon damals, in dieser liebevollen und intensiven Beziehung zwischen dem älteren Manager und dem noch nicht 21-jährigen Musiker und Pantomimenschüler, der die Verträge vom Vater hatte unterzeichnen lassen müssen, hatte Bowie die Oberhand behalten. Obwohl er in Pitts Wohnung gelebt, dessen Bibliothek benutzt und seine Ratschläge befolgt hatte.

Bis Bowie vom Chanson und Music-Hall-Stil zum Rock 'n' Roll wechselte und Kenneth Pitt zu klein und zu alt für Bowie und das große Business wurde. Der junge Musiker brauchte niemanden mehr, der ihn mit neuer Musik und Literatur versorgte, denn er hatte seinen Stil gefunden. Er brauchte jetzt einen Geschäftsmann, jemanden, der ihn zum Star machte.

Der junge Anwalt Defries holte Bowie aus den Verträgen mit dem väterlichen Manager, den Bowie abstieß, um sich in eine neue Abhängigkeit zu begeben. Bowie unterschrieb den neuen Vertrag und machte Defries zu seinem Manager.

Defries schien die Vaterfigur zu sein, die unkritisch hinter ihm stand, ein Fürsorger und Wohltäter, der nur dazu da war, die Träume und Pläne seines Jungen umzusetzen, und der ihm dabei niemals sagte, was er künstlerisch tun sollte. Bowie stützte sich auf ihn, wie er sich auf seinen Vater und Pitt verlassen hatte. Defries sagte ihm, was der junge Bowie hören wollte: »Die Rolle des Managers besteht darin, dir Freiheit zu schaffen, dir alle Last von den Schultern zu nehmen. Du bist Künstler. Überlass alles andere mir. Mein Job ist es, dir den Rücken frei zu halten.«

Defries riet ihm Starallüren anzunehmen, einen Bodyguard einzustellen, keinen Koffer mehr selbst zu tragen, kein Geld in der Tasche zu haben und sich wie ein Star zu benehmen. »Benehmt euch wie Stars und ihr werdet wie Stars behandelt.« Das Team hatte mit Dollars nur so um sich geworfen. Drei Jahre lang war Bowie so naiv und vertrauensselig gewesen nicht zu bemerken, dass er kein Geld bekam, obwohl er Millionen einspielte. Er war nie auf die Idee gekommen, dass er eines Tages alles zurückzahlen musste. Dass Defries ihn ausbeutete, war erst aufgefallen, als Angela Bowie sich beschwerte, ihr Mann könne nicht einmal seine täglichen 60 Gitanes selbst bezahlen, ohne dass sie um jeden Dollar Defries bitten müsse. Bowie bestellte seinen engsten Mitarbeiter Zanetta in die Suite im Plaza Hotel am Central Park, um zu erfahren, dass ihm mitnichten 50% der millionenschweren Firma MainMan gehörten, in die Bowies Einnahmen aus einer Million Plattenverkäufen flossen. Und er erfuhr, dass er aus den Verträgen nicht herauskam.

Das war an einem Nachmittag des Jahres 1974 in New York gewesen. Bowie hatte das Frühstück aus Kaffee, Orangensaft und der New York Times im Bett beendet. Er saß im Kimono auf der Couch und legte die erste Linie Kokain an diesem Tag. Da erklärte ihm Zanetta, dass er keineswegs ein reicher Mann sei. Bowie erschrak. Er fühlte sich wehrlos und allein gelassen, enttäuscht und betrogen. Eine ganze Nacht lang redete er mit Zanetta. Als die Morgensonne über der Skyline der Stadt aufging, sagte er leise: »Wie konnte es nur dazu kommen? Wie nur? Du weißt, das hätte nie passieren dürfen.«

Du ziehst das jetzt durch, dachte Alex. Benimm dich wie ein Butler und du wirst Butler. Sie hielt Bowies starrem Blick stand, welcher sah: ihr zerzaustes Haar, ihr Anorak, die Trekkinghose, die Wanderschuhe. Sie saß im Sessel wie ein Mann, bar jeder Neugierde, ihr Gesicht ungeschminkt, offen, ehrlich, naiv, respekt- und vertrauensvoll.

»Well. Ich möchte schon gerne, wenn ich kann, jemandem, insbesondere einer Deutschen, eine Chance geben. Wenn Sie unbedingt hier leben wollen, was ich gut verstehen kann, und sonst keine Möglichkeit haben, was nicht ganz fair ist ...«

So ähnlich war es gelaufen. Im Nachhinein schien es einfach. In Momenten hatte er ihr viel mehr Steine und größere Granitbrocken in den Weg gelegt. Doch schließlich war sie angekommen. Hatte den Gipfel erreicht, hatte gewonnen.

»All right. Ich weiß noch nicht exakt, welche Funktion ich Ihnen anvertrauen werde. Ich werde darüber nachdenken. Solange gebe ich Ihnen Unterkunft.« Er erhob sich und sein Charisma füllte den Raum. Alex hätte der geheimnisvollen Gestalt die Rolle im *Himmel über Berlin* gegeben. Graublond und dünn stand er mit hängenden Flügeln über den Dächern der deutschen Stadt, überlegend, ob er abspringen und weiter fliegen, ob er dem Fliegen und der Unsterblichkeit den Vorzug geben oder ob er in die Sterblichkeit springen sollte, um dafür Nähe zu erfahren. Genauso sah er aus, als er vor dem Schreibtisch stand und dann bei der Tür wartete, dass sie sich erhob und vorausging. Es war leicht ihm zu folgen, allzu leicht, fand Alex und zog sich etwas weiter in sich zurück.

Er sah sie zögern, meinte Furcht zu erkennen, dann fiel ihm der Butler wieder ein und er drehte sich wie ein Tänzer um und ging seinerseits voraus durch das Haus. Sein Gang war gesetzt, aber nicht schwer, vielmehr schnell, leicht und schwungvoll, eine Mischung aus Elvis und Jesus.

Jede Bewegung, jede Drehung, hatte Angela Bowie einmal gesagt, »ließ meinen Puls schneller schlagen. Ich war völlig aufgelöst an diesem Abend«, an dem sie ihn zum ersten Mal gesehen hatte. »Eine rätselhafte Gestalt.«

Die rätselhafte Gestalt führte Alex durch die verchromte Küche in die oberen Schlafräume. Mit jeder hölzernen Stufe, die sie ihm folgte, schlug ihr Puls höher. Er ließ sie Blicke in jene Räume werfen, die seine Geschichte archivierten: Erinnerungsstücke, Instrumente, alte Aufnahmegeräte, all die Bühnenkostüme und Requisiten. Nur die zu großen Requisiten, wie das Bühnenbild der *Diamond-Dogs-Tour,* waren einer Schule vermacht worden.

Das Haus ähnelte eher einer Kuckucksuhr als einem Meisengehege. Es hatte sieben oder acht Schlafzimmer aus Holz, ebenso viele Badezimmer, einen Anbau für den Hausmeister und, wie der Hausherr erklärte, sechs Morgen Land. Dabei hatte es schon passieren können, dass Alex nicht bemerkt hatte, auf einem Privatgrundstück zu parken. Die Wiese um das Haus herum war kein englischer Rasen, sondern eine wild wachsende Alm.

»Es wird von Ihrer Aufgabe abhängen, wo Sie wohnen werden. Einstweilen bekommen Sie dieses Zimmer, vielleicht müssen Sie noch einmal umziehen. Ist das okay für Sie?«

»Absolut, S... Mr. Bowie.« Sie verriet nicht, ob sie es gewohnt war, in besseren oder schlechteren Zimmern zu leben. Sie begann sich anzugewöhnen, niemals eine Gefühlsregung zu zeigen. Und Alex wusste: Was immer sie anpackte, was sie wirklich wollte, das schaffte sie auch. Nur hatte sie bisher nicht angepackt, nicht wirklich gewollt. Aber geprobt hatte sie für diese höchste Prüfung. Ihr Leben war eine Kette von Prüfungen gewesen. Seinen Fragen, was sie bisher gemacht hatte, wich sie geschickt aus.

»Sie können sich jetzt mit Ihrem Gepäck arrangieren. Irgendwelche Fragen?«

»Yes, Mr. Bowie. Ich brauche jemanden, der mir Geschäfte zeigt, die ich für Sie brauche. Eine geeignete Reinigung zum Beispiel. Wünschen Sie die Hemden auf Bügeln oder gefaltet?« Sie wollte Eindruck machen, wenn sie jetzt schon an die Arbeit dachte, anstatt ihr Zimmer zu beachten, und hoffte, auf diese Weise den letzten seiner Zweifel zu zerstreuen.

»Ich bin nicht sicher, ob ich Sie als Butler will. Anyway, irgendjemand wird Ihnen schon helfen. Oder Sie müssen alles allein herausfinden. Noch eine Frage?«

»Yes, Mr. Bowie, welche Art Kleidung soll ich bei der Arbeit tragen?«

»Das ist mir so was von egal. So sagt man doch, oder? Etwas Neutrales. Nur kein Kellnerdress, bitte.«

»Sehr wohl, S… Mr. Bowie.«

Der kühle perfekte Gentleman provozierte den *Sir*. Aber sie wollte sich im Zaum halten, nicht schnippisch werden angesichts ihrer Euphorie über den Erfolg, den ersten nach langer Zeit und dann solch einer und dieses Zimmer, *ihr* Zimmer!

»Übrigens können Sie das Geld für die Bücher sparen, wenn Sie mit meiner Bibliothek vorliebnehmen wollen. Sie liegt neben dem Arbeitszimmer, wenn Sie sich erinnern, und umfasst mehrere Hundert Bücher. Vielleicht ist etwas für Sie dabei.«

Er drehte sich im Türrahmen um, als probe er eine Pirouette, und trat in den Flur hinaus, als wäre es eine Bühne. Er überließ es Alex, den Vorhang fallen zu lassen, die Tür zu schließen.

Sie trat ans Fenster ihres Zimmers. Vor dem Haus streckte sich eine steile Wiese voller Strohblumen und Löwenzahn bis zu den Tannen. Hinter ihnen wand sich die schmale Straße. Die Tannenspitzen stießen in den Genfer See. Tief unten lag er, graublau, gespickt mit kleinen weißen Punkten auf der glatten Fläche. Bojen oder Segel, das war im Nebel, der jeden Morgen flach über dem See lag, nicht zu erkennen. Aus dem Nebel erhoben sich die Zweitausender. Braun, schroff, in den höheren Karen leckten Schneezungen, unter ihnen glänzte der Fels schwarz vom Schmelzwasser.

26   Das Badewasser rauschte und verbreitete den Duft von Kiefernöl im Zimmer. Alex zog sich vor dem Fenster aus, als müsse sie jede Minute nutzen, das Bild der Naturschönheit auszukosten. Als bestünde stündlich die Gefahr, dass man es ihr wieder fortnahm. Sicher war sie sich ihres Jobs nicht. Wie hatte sie es nur geschafft, ihn zu bekommen? Ihr war bewusst gewesen, dass sie einen toleranten Arbeitgeber hatte auftreiben müssen. Einen, der darüber hinwegsah, dass sie sich schlecht verkaufte. Es war ein Wunder. Aber an Wunder glaubte Alex nicht. Es

lag an Berlin, fielen ihr seine Worte ein. Lächelnd hob sie die Hand zum Gruß und Dank über den See hinweg Richtung Deutschland. Ausgerechnet dem Land, dem sie entflohen war, hatte sie ihr Glück zu verdanken.

Noch einen Augenblick blieb sie vor dem Fenster stehen. Sehen konnte sie hier niemand, er hätte schon direkt unten auf der Alm stehen müssen. Vor ihr erstreckten sich Hunderte von Metern nichts als leere Luft.

Berlin. Bowie war in den siebziger Jahren durch Zufall nach Berlin gekommen. Er hatte in einem Château bei Paris Aufnahmen gemacht. Das Chateau war ihm von Elton John empfohlen worden, weil die Musiker dort alles in einem Haus vorfanden. Studio, Essen, Schlafen, Entspannen, sie brauchten das Schloss gar nicht zu verlassen. Es war schon das zweite Mal, dass Bowie hier aufnahm, dieses Mal aber war das Küchenpersonal auf Urlaub. Eine Ersatzcrew kochte gefrorenes Wild auf, Gemüse gab es nicht. Das Essen war so schlecht, dass er seine Assistentin Coco bat, ein anderes Studio aufzutreiben. Sie fand eines in Berlin.

Bowie, Coco und Iggy Pop zogen in ein Mietshaus aus dem 19. Jahrhundert in der Hauptstraße 155 in Schöneberg. Sie ahnten nicht, dass dieser Umzug eine der bedeutendsten Entscheidungen seiner Karriere werden würde. Hier schrieb er seinen berühmtesten Song *Heroes* und sang die Geschichte eines Liebespaares unter der Mauer auf Deutsch. »Es war eine herrliche Zeit«, hatte Toni Visconti gesagt. In Berlin vollzog Bowie den Wechsel vom Image des Stars zum hart arbeitenden Künstler. Er gab keine Interviews mehr, es gab keine Promotion. Gleichzeitig verlor er die Angst. War er vor Kurzem noch schreiend fortgelaufen, wenn ihn ein Fan ansprach, so wagte er sich jetzt wieder auf die Straße. Zu Fuß und mit dem Fahrrad. »Ich werde noch immer auf der Straße erkannt, ich wünschte, ich könnte einfach so herumlaufen«, hatte er gesagt. Toni Visconti verpasste ihm daraufhin einen Bürstenhaarschnitt, Bowie ließ sich einen Bart stehen und zog einen Arbeitsoverall an. Morgens ging er auf einen Kaffee und zum Zeitunglesen ins Café. Berlin bedeutete den Bruch mit dem Ziggy-Stardust-Kult, die Gesundung zum Menschen und den Bruch mit Defries.

***

Die ersten Wochen gingen schnell dahin. Alex gönnte sich keinen privaten Gedanken. Sie hatte nur Augen für ihren Job und sah ansonsten zu Boden. Wenn er bei seiner Familie in London war, fand sie sich in einem Café unten in der Stadt und erlaubte sich zu denken: »Du hast es geschafft. Du bist unabhängig, verdienst dein eigenes Geld. Du hast eine Heimat gefunden. Sogar ein Stammcafé in der Schweiz. Es fühlt sich gut an.«

Sie streckte sich auf dem Stuhl aus, ließ den Trenchcoat über den Boden schleifen und schaute über die Wellen des Genfer Sees hinaus auf die Boje. Segel kreisten um sie.

Auf diese Weise entspannte sie sich von der angespannten Arbeitszeit und seinem Blick. Sie bekam zu spüren, dass sie in der Probezeit war. Bowie beobachtete sie, war misstrauisch und probierte aus, wozu er sie verwenden konnte. Es dauerte eine Weile, bis er sich Morgenkaffee, Orangensaft und Tageszeitungen im Bett servieren ließ. Er liebte es, den Tag so zu beginnen. Hatte ihn immer so begonnen, egal wo und mit wem. Nur begann er ihn heute nicht mehr am Nachmittag, sondern spätestens um acht Uhr morgens, wenn er arbeitete auch um sechs. Und wenn sein Sohn käme, stände er auf, um mit ihm vor dem Panoramafenster zu frühstücken.

Alex stand noch früher auf, huschte in die Küche, heizte die Espressomaschine vor und kroch mit der Tasse noch einmal ins Bett. Sie atmete den Kaffee- und den Holzduft, atmete auch den Blick aus dem Fenster in die Berge tief ein. Es schien wahrhaftig so, als habe sie den passenden Beruf gefunden. Bowie war zufrieden mit ihrem fröhlichen Gesicht, das sich ihm nie zuwandte, wenn sie hereinkam.

Schließlich fragte er, ob sie auch als Garderobiere aushelfen könnte. Es zeigte sich, dass Alex sogar die Tricks vom Theater kannte, wie man die Hose auf die Schuhe legte, damit der Umzug reibungslos und schnell ging und der Protagonist nichts zu tun hatte, als sich auf den Auftritt zu konzentrieren – oder die Garderobiere zu beobachten. Er streckte ihr die Handgelenke hin, sie legte ihm geschickt wie ihre Mutter dem Vater die Manschettenknöpfe an, er ließ sich von ihr an- und auskleiden, und wenn er nichts anderes zu tun hatte, prüfte er ihre Reaktion. Sie wurde zum perfekten Butler. »Du bist wirklich gut, Alex.« In diesem Moment versuchte Alex die Hose hochzuziehen, doch er stand mit dem Absatz darauf. Sie zerrte, und als er die Ferse hob, knallte ihre Hand in seinen Schritt. Und das vor dem Auftritt. Er bedankte sich mit hoher Eunuchenstimme und ging hinaus auf die Bühne. Er lachte in sich hinein, mehr als dieses eine Mal gab Alex dazu Anlass. Doch sobald er sich dem Publikum zeigte, erstarrte seine Miene wieder.

Er stellte keine Fragen. Eines Tages würde sie reden. Er wartete.

In kleinen alltäglichen Malheurs, Versehen, Fehlern und Dummheiten war er nachgiebig und geduldig. Nicht nachgiebig und geduldig war er, wenn jemand indiskret wurde. Wer sich über ihn in der Öffentlichkeit, gegenüber der Presse oder auch nur im eigenen Freundeskreis äußerte, den warf er raus. Alex hatte eine bindende Erklärung unterschreiben müssen, dass sie keine Interviews geben und keine Informationen über das Privatleben ihres Arbeitgebers an die Presse leiten durfte. Coco, seine Assistentin, hatte ihr erklärt, dass alle Mitarbeiter der drei Firmen solche Erklärungen unterschrieben. Bowie zögerte nicht, im Falle eines Vergehens die sofortige Entlassung auszusprechen und sogar Freunde fallen zu lassen. Wie Toni Visconti, der sich öffentlich über Bowies Sohn geäußert hatte. Dies war die Grenze. Alex respektierte sie. Nicht einmal ihre Familie erfuhr, für wen sie arbeitete.

Um jeden Star herum existierten Barrieren. Aber um Bowie herum schienen sie besonders massiv zu sein. Dieser künstliche Aufwand, wenn jemand an ihn herankommen wollte. Seit dem Mord an John Lennon hatten sich Stars vom Bekanntheitsgrad Bowies Sorgen um ihre persönliche Sicherheit gemacht. Bowie hatte vielleicht noch mehr Grund zur Furcht als mancher andere, da er sich über so lange Zeit im Rampenlicht präsentiert hatte. Er war sich des Risikos bewusst, dass sein Sohn entführt werden konnte. Zowie war sicherlich ein Grund gewesen, warum Bowie sein Privatleben aus dem Rampenlicht gezogen hatte.

Zowie war von seinem Vater nur einmal, wenige Tage nach Zowies Geburt, in der Öffentlichkeit genannt worden, als sich der junge Bowie in einer BBC-Show ins Mikrofon räusperte, um zu erklären, er habe neulich Neal Young gehört und am Sonntag sei sein Sohn zur Welt gekommen. Für ihn habe er einen Song geschrieben, der sich *Kooks* buchstabiere. Es war das unzweifelhaft sanfteste und liebevollste Lied, das er je gesungen hatte.

In einem Interview sagte er: »Ich bin von Natur aus egoistisch, auch wenn ich weiß, dass es falsch ist. Der einzige Mensch, den ich wirklich liebe, ist mein Sohn.«

Bowie hatte die Tourneen stets so gelegt, dass er die Ferien mit dem Jungen verbringen konnte. Meistens waren sie zur Skisaison in die Schweiz gefahren, hatten Japan, Kenia, Australien besucht oder in ihrem Haus auf Mustique gelebt, in nächster Nachbarschaft zu Mick Jagger und dessen Familie.

Duncan Zowie Heywood Jones, der sich mittlerweile Joe nannte, war nie in der Öffentlichkeit aufgetreten. Er hatte die Schweizer Schule verlassen, war mit dem Vater nach Berlin gewechselt und anschließend in Schottland auf dasselbe Internat gegangen, das auch Prinz Charles besucht hatte. Mit 30 Jahren führte er sein eigenes Leben und niemand wusste, was für eines.

»Ich möchte, dass er ein ganz normaler Mensch wird. Zum Glück identifiziert er mich nicht mit diesem einschüchternden Wesen auf der Bühne. Für ihn ist das bloß die Art, wie ich mein Geld verdiene. Für ihn bin ich einfach Dad, der Mann im Schlafzimmer nebenan, der jeden Morgen mit ihm frühstückt. Das meine ich mit ›normale Menschen‹.«

Ein weiterer Grund für Bowies privaten Rückzug lag also darin, dass er nach der zweiten Welttournee schlicht und ergreifend »die Schnauze voll« hatte. »Ich will nur noch nach Beckenham und vor die Glotze.« Er hatte das Gefühl des Ruhmes bis zur Neige ausgekostet. Hatte bekommen, was er gewollt hatte und nun genug davon. Als er in London aus dem Zug stieg, auf den die Masse seiner Fans wartete, und eine ältere Dame ihn um ein Autogramm bat, unterschrieb er mit *Edmund Gosse*. Mit diesem schizophrenen Witz beklagte er sich über die Absurdität seines Lebens, die Heuchelei und den falschen Zauber um ihn herum. Edmund Gosse war Verfasser des autobiographischen Werkes *Father and Son*, in dem er den Kampf zwischen zwei Temperamenten, zwei Standpunkten und beinahe auch zwei Epochen dargestellt hatte.

Bowie distanzierte sich vom Standpunkt, Temperament und von der Epoche des dekadenten Superstars: »Ich bin ich, und ich muss da weitermachen, wo ich angefangen habe. Es gibt nichts anderes für mich. Allerdings habe ich unter großem Stress gestanden. Ich habe auch Illusionen verloren, was bestimmte Dinge betrifft. Ich hätte nie gedacht, dass man um einen Künstler einen solchen Hype veranstalten kann … Ich hätte nie gedacht, dass es so irreal wird … Ich fühlte mich ein bisschen wie Dr. Frankenstein… Verstehst du, eigentlich sind wir alle ganz normal und es wird langsam Zeit, dass wir das den Leuten auch sagen.«

»Ich habe diesen Pop-Lebensstil gehasst«, erklärte er, »aber es ist schwer, alte Gewohnheiten abzulegen. Ich lerne gerade, glücklich zu sein, das heißt, abends ins Bett zu gehen statt um fünf Uhr morgens, und morgens aufzustehen statt irgendwann am Nachmittag. Ich male Bilder, die niemand kaufen will, aber ich liebe es. Ich habe auch wieder meine natürliche Haarfarbe. Ich übe sogar, die Straße entlang zu spazieren. Jahrelang habe ich mich nicht vor die Tür getraut, ich hatte Angst davor… Jetzt sehe ich anderen Leuten in die Augen, ich gehe sogar in Geschäfte, und wenn mich jemand anspricht, plaudere ich mit ihm. Vor drei Jahren wäre ich schreiend davongelaufen … Jetzt bemühe ich mich, jeden Tag normaler zu werden und mich nicht mehr so von den normalen Leuten abzuschotten.«

Seither waren viele Jahre vergangen. Alex ging langsam und leise an den Gemälden und Holzschnitten an den Wänden des Flurs entlang. Heute wollte man sie kaufen, sie hingen in Museen in New York und London. Diesen hier sah man an, dass Bowie die vollkommene Beherrschung des Handwerkszeugs fehlte. Auch sein großer Intellekt konnte nicht auf allen Gebieten perfekt sein. Die Lebenszeit eines normalen Menschen reichte dazu nicht aus.

Alex lauschte, ob er in der Bibliothek war, und trat ein. Ihre Wände bestanden aus Büchern über Architektur, aus Kunstbänden, Büchern von und über den Dalai Lama. Sie schlug eines auf. »Lächle und dir wird ein Lächeln gegeben. Wenn du nicht lächeln kannst, forsche nach der Ursache deiner Aggressionen und Ängste. Hast du sie gefunden, wirst du dich ändern. Wenn nicht sofort, arbeite daran. Bis du wieder lächeln kannst. Und dir wird ein Lächeln gegeben.« Alex schlug das Buch zu, stellte es zurück, glitt über die Geschichte Londons, die Geschichte des römischen und des griechischen Reiches, über den König-Arthur-Mythos, Bücher über die antiken Wurzeln des Faschismus, Hitlers *Mein Kampf*, Bertolt Brecht, Billy Wilder, George Orwell und Rudyard Kipling. *The man who should be king* hatte Bowie zu Ziggy Stardust und *The man who sold the world* inspiriert. Jener einfache Mann, der König werden wollte und es wurde. Doch hatte er nicht daran gedacht, seinem Volk zu sagen, dass er nur König, nicht Gott sei. Und als das Volk diesen Irrtum erkannte, brachte es ihn um.

»When the kids had killed the man I had to break up the band.«

Falsche Götter entthronen, dachte Alex, habe ich das nicht immer getan? Ist das meine Lebensaufgabe? Sie schob die beiden Bücher auseinander, die sie vor ein paar Tagen zusammengeschoben hatte, damit es nicht auffiel, dass sie ein Buch entlieh, stellte die Biographie Bowies *The Genius who plays the Clown* hinein und entlieh sich ein anderes Werk. Sigmund Freud.

Auf dem Weg hinauf in ihr Zimmer hörte sie nichts als das knarrende Holz der Stiege, die sie versuchte, unhörbar hinaufzusteigen. Sie roch nichts als den Duft des warmen Holzes und die klare Bergluft, die durch das Fenster ins Treppenhaus wehte. Sie schloss es zur Nacht, bevor sie das Licht im Trakt der Schlafzimmer einschaltete, damit die Mücken nicht hereinkämen, und sperrte das Schnarren der Heuschrecken aus. Ein letzter Sonnenstrahl fiel durch das Fenster. Alex' Augen folgten dem Lichtstrahl in die Stiege. Befriedigt stellte sie fest, dass keine Staubkörnchen herumflogen, das Fenster war streifenfrei. Sie prüfte mit dem Finger einen Bilderrahmen und war mit ihrer deutschen Gründlichkeit zufrieden. Sie rückte das Ölgemälde zurecht, betrachtete das dick aufgetragene Weiß eines abstrakten Portraits von Brian Eno. Abstrakt. Surreal seine Texte. Geheimnisvoll, still, geduldig und freundlich er. War er eine belebte Puppe in der Kuckucksuhr? Unheimlich. Er. Ihre Gedanken. Alex fand ihre Gedanken ebenso abstrakt wie das Bild und sie führten zu weniger als zu einem Gemälde. Sie ließ davon ab und betrat ihr Zimmer. Jedes Mal, wenn sie von den Stunden der Arbeit im Haus hier eintrat, stellte sie sich für ein paar Minuten vors Fenster und fing an zu lächeln. Der weite Raum zwischen der bunt blühenden Alm und den schroffen, grauen Zweitausendern ließ sie frei atmen. Die Stille um sie herum und der Anblick des Sees tief unter ihr beruhigten den Kopf wie nichts jemals zuvor. Sie fühlte sich auf ihre Mitte zustreben. Bald würde sie ganz in sich ruhen. Sie wollte keine Veränderung mehr. Die Zeit in der Kuckucksuhr sollte stehen bleiben.

Wenig später rief er sie zu sich, hieß sie im Sessel Platz nehmen, ging selbst auf und ab.

»Du warst stets diskret, still und freundlich, ich bin mit deiner Arbeitshaltung und deinen Leistungen sehr zufrieden. Geheimnisvoll bist du, aber das ist wohl deine Art. Sie stört mich nicht ...«

Unheimlich. Warum sagte er das?

»... ach, vergiss es. Ich kann keine Reden halten. Unterschreib den Fünfjahresvertrag, wenn du willst.« Er schob ihr das von Coco vorbereitete Schriftstück über den Tisch. »Danach«, sagte er, als seine langen Finger die breite Feder aufs Papier setzten und er seinerseits unterschrieb, »verlängern wir über zehn Jahre und dann … werde ich nicht mehr leben, aber vorher sorge ich für einen anständigen Nachfolger oder setze dir eine Leibrente aus. Einverstanden?«

»Oui, Monsieur – Non, Monsieur.«

»Was?«

»Mit Ihrem Tod bin ich nicht einverstanden.«

»Das ist dein erstes persönliches Wort an mich. Vielen Dank. Darauf gebe ich einen Café au Lait in Vevey aus. Komm, fahr mich hin.«

Sie saßen am Fenster gleich am Ufer des Sees. Die Sonne fiel herein und wärmte ihre Füße. Bowie streckte die Beine lang aus, die Hand, die die Zigarette hielt, baumelte über der Lehne, der andere Arm lag auf der Tischplatte. Das Wasser zog die Blicke hinaus über seine Oberfläche. Weit draußen übte eine Segelschule Wenden um die Boje. Die Berge streckten ihre Bäuche der Sonne entgegen, um die feuchten Kare und Falten trocknen zu lassen. Sie hatten nur noch vier Stunden Zeit. Dann ging die Sonne unter und was noch feucht war, würde feucht bleiben. Eine Chance zum Austrocknen hatten sie nie. Denn die Sonne bedeutete das ewige Schmelzen der Gletscher, die ihre Flüssigkeit langsam, aber ohne Unterlass absonderten.

»Warum bist du nach Blonay gekommen, Alex?« Bowie hielt die große Schale Café au Lait in den Fingern, deren Gelenke die Angewohnheit hatten sich zu überdehnen, und sah weiterhin hinaus aufs gleißende Wasser, um der Frage nicht allzu viel Bedeutung beizumessen.

»Es ist der schönste Platz auf Erden.«

Er zog die Beine seitwärts unter den Tisch, richtete sich auf, drehte Alex den Oberkörper zu, sodass seine gesamte Länge ein in sich gedrehtes S bildete ähnlich einer griechischen Statue. Er sah, wie sie sich verkrampfte. Er versuchte, mehr über sie zu erfahren. Mehr, so schien es Alex manchmal, als sie selbst von sich wusste.

»Seine geheimnisvolle Art entspringt nicht daher, dass er etwas verbergen will, sondern dass es etwas in ihm gibt, das er selbst nicht versteht«, hatte ein Filmproduzent über Bowie gesagt. Er wandte den Blick ab auf das große Blau, damit sie sich entspannte, und war überrascht, als sie nach einer Weile zu reden begann: »Sie sind wie die Eigentümerin von Drogida, die alles über Pater Ralph herausfinden will, besonders sein Geheimnis, das er selbst noch nicht kennt.«

Bowie lachte aus vollem Halse. »All right. Die Eloquenz nehme ich zurück. Du schaust dir ja sentimentale Hollywood-Schinken an.«

So gut seine Analysefähigkeit war, so fragte er doch nicht, wie Alex ausgerechnet auf diesen Film gekommen war.

»Wie sind *Sie* nach Montreux gekommen, Mr. Bowie?«

Er lehnte sich zurück. »Willst du die offizielle oder die inoffizielle Version?«

»Die wahre.«

»Meine Exfrau ist es gewesen, die Clos de Mésanges gefunden hat. Auf einer Dinnerparty in Los Angeles habe ich den Rat bekommen, ins Steuerparadies Schweiz auszuwandern. Angie war sofort bereit, sich um die Formalitäten zu kümmern und ein Haus zu suchen. Sie kannte sich aus, hatte Kontakte, weil sie in St. George, nahe Montreux, das Internat besucht hatte.«

Sie ahnte nicht, dass sie ihrem Mann dadurch die Scheidung erleichterte. In der Schweiz stand noch immer der Mann an erster Stelle. Wenn er seine Karten richtig ausspielte, konnte jeder Mann seine Frau für ein Butterbrot loswerden. »Ich hatte davon keine Ahnung, aber heute bin ich sicher, dass jeder auf meiner kleinen Dinnerparty darüber Bescheid wusste«, hatte Angela geschrieben. Während David über Weihnachten und Neujahr auf Jamaika probte, flog Angela nach Claruns zu ihrer alten Schule St. George…

Bowie stützte die Ellenbogen auf die Tischplatte, um Alex' Augen in eine so kurze Distanz zu holen, dass sie nicht in einem Schleier von

Brauntönen verschwamm, die er seit dem achten Lebensjahr auf mittlere Distanz sah.

»Du würdest gerne mehr über diese Ehe erfahren, nicht wahr?«
Alex war peinlich berührt und fürchtete sich.

»Sie war nicht besonders glücklich, nehme ich an«, versuchte sie die Frage mitsamt seinem Blick abzutun.

»Nein. Keinesfalls. Ich habe meine Frau vor der Ehe gefragt, ob sie damit klarkommt, dass ich sie nicht liebe. Sie hatte heiraten wollen, um die Arbeitserlaubnis in England zu bekommen.« *Ihm* erleichterte diese Ehe, an eine Greencard in den USA zu gelangen.

»Sie wartete im Clos de Mésanges, als ich eintraf. Aber wie immer hielten wir es miteinander kaum länger als ein paar Stunden aus und schon kam es zu Streitereien und Wutausbrüchen.«

Er wurde depressiv und zog ins Hotel. Coco durfte niemandem verraten, wo er war. Er brach leicht in Tränen oder in hysterische Lachanfälle aus, trank zu viel, nahm Drogen. Cocos Mutter, selbst Psychologin, empfahl ihm einen Psychiater.

Angela wartete weiterhin im Meisengehege, als ihr Mann zu Plattenaufnahmen nach Frankreich und nach Berlin reiste und dort blieb. »Die Tage und Wochen verrannen… Ich war unruhig, ich konnte ihn nicht persönlich erreichen und ich wusste nicht, was er in Berlin wollte. Mich hatte er nie gefragt, ob ich dort leben wollte.«

Sie erschien unangemeldet und störte die Ruhe. Sie brauchte wenige Minuten, um alle um sich herum nervös zu machen. Sie wollte Coco loswerden, denn Bowie war von ihr weit abhängiger als von seiner Frau. Sie versuchte, Cocos Zimmer in Brand zu stecken, indem sie deren Kleider auf einen Haufen warf und mit Wodka übergoss, offenbar in dem Glauben, der russische Schnaps werde brennen wie Benzin. Als sie damit keinen Erfolg hatte, zerriss sie die Kleider und warf sie zusammen mit Cocos Bett aus dem Fenster auf die Straße.

Bowie erlitt eine Herzattacke. Der 24-stündige Krankenhausaufenthalt inspirierte ihn zu dem Song *Blackout*. Angie verließ Berlin mit dem nächsten Zug.

Sie hatte die Ehefrau des Stars gespielt. Mit dem hellroten Augen-Make-up, das zu ihren Haaren passte, sah sie aus wie Bowies inzestuöse Zwillingsschwester. Anfangs schien sie seine Karriere zu fördern, kaufte Kostüme, engagierte eine Schneiderin, eine Visagistin, wählte die Kostüme für die Konzerte und die Frauenkleider für seine Reise in die USA und sprach dem stillen, schüchternen Musiker Mut zu. Das Paar schlenderte mit Vorliebe über die Londoner Flohmärkte und deckte sich mit viktorianischen Kleidern und Antiquitäten ein, die jetzt im Clos de Mésanges eintrafen.

Sie schaffte die Dekadenz. Sie unterstützte die Starallüren, zu denen Defries riet, und sie trieb Bowies Image an, wenn er Zweifel hatte. Sie gab ihm Mut und Selbstvertrauen und half ihm, die Schüchternheit zu überwinden. Sie selbst war so schrill, vulgär und laut, dass sie in einem kleinen Londoner Club den Gesang ihres Mannes und die Anlage übertönte. Angie war die maskulinere von beiden.

Andererseits versuchte sie den mageren Gatten, der sich auf einer Welttournee von Kaffee, Wein, Gitanes und Kokain ernährte und von 70 auf 55 Kilo abmagerte, zum Essen zu überreden. Als er sich über das Essen während eines Filmsets beklagte, setzte sich Angela in London ins Flugzeug und flog nach LA, um für ihn zu kochen. Ein anderes Mal rief er aus Los Angeles an und redete in Panik von Halluzinationen. Wieder ließ Angie alles stehen und liegen und eilte an seine Seite. Doch er brauchte sie nur für kurze Zeit. Sobald er sein Leben wieder im Griff hatte, begann er sie auszuschließen. Wenn David mit seiner Freundin Ava und mit Iggy Pop in der Suite im Regent Beverly Wilshire blieb, machte Angie den Rodeo Drive unsicher. Sie kaufte Dessous nicht unter 300 Dollar und führte sie nachts in den Homo-Clubs von Hollywood aus.

Angie war in den Medien immer schlecht dargestellt worden. Aber sie hatte den Frauen, die in den siebziger Jahren aufwuchsen, gezeigt, dass sich das weibliche Geschlecht ebenso frei, exzentrisch und wüst ausleben konnte und durfte wie die Männer der Rock-Generation.

Alex war Jahre später, ohne es zu wissen, ein Stück weit Angies Weg gefolgt. Sie war allein nach Beverly Hills gekommen, hatte sich am Heiligen Abend von zwei Männern ins Regent Beverly Wilshire einladen lassen, in jenes Hotel, in dem die Bowies und Jaggers gewohnt hatten, in dem später Pretty Woman gedreht wurde. Doch je demütigender und schmerzhafter es wurde, desto mehr hatte Alex begriffen, dass ihre Rebellion, ihre männliche Stärke aus einem inneren Konflikt gewachsen war, dessen Ursachen sie nicht mehr ergründen konnte. Vielleicht ebenso wenig wie Angela Bowie. Aber danach hatte nie jemand gefragt.

War sie ungeliebt gewesen? Hatte sie deswegen Schauspielerin werden müssen? War sie verzweifelt, als sie feststellte, dass ihr Talent nicht reichte? War sie verbittert, als sie schließlich auch noch als Managerin, Beraterin und Ehefrau ausgestoßen wurde? War es dann noch ein Wunder, wenn sie sich ihr Selbstbewusstsein bei Sexorgien holte und, als nichts mehr zu retten war, ihre schmutzige Wäsche in der Öffentlichkeit wusch und einen Hilferuf per Selbstmordversuch im Hause Clos de Mésanges aussandte?

Der Journalist, den sie eingeladen hatte, fand sie zusammengebrochen und blutend auf der Treppe. Angie hatte getrunken, Tabletten genommen und zuletzt die Einrichtung zerstört, bevor sie sich diese Treppe hinuntergestürzt hatte.

Alex pflegte die Treppe am linken Rand entlang hinauf- und hinabzusteigen, dort, wo die Tannenzweige über das Geländer wuchsen, in der Hoffnung, nicht auf eine Stelle zu treten, auf die Angie gestürzt war.

Am Ende, an *ihrem* Ende und am Beginn ihrer Reise in die Schweiz benutzte Alex dieselben Worte wie David Bowie, als *er* nach Blonay zog: »Ich brauche die großen Städte nicht mehr.«

Die Kühle der großen Städte, die Distanziertheit der Marmorfassaden, die Unnahbarkeit der Stahl- und Glaswände hatte sie mitgenommen und sich angekleidet.

Das machte Bowie neugierig. Nicht allein ihr seltsamer Berufs- oder sollte man sagen Rollenwunsch, der die Frau in ihr verleugnete. Bowie erkannte sich selbst als jungen Mann in ihrer Kühle und Unnahbarkeit als Schutz und Maske vor der Sensibilität. Seine Texte zeugten von dieser Distanz bis in die Achtzigerjahre hinein.

Und während die Isolation für ihn ein Lebensgefühl war, das er unter Tausenden von Menschen empfunden hatte, so zog Alex die Konsequenz und zog sich trotz ihrer Jugend in die Einsamkeit der Berge zurück. Warum?

Waren diese Überlegungen zunächst verschwommen aufgetaucht, so wie er Alex und alles aus mittlerer Distanz auf einem Auge nur verschwommen und in Brauntönen erkennen konnte, stand ihm der junge Bowie plötzlich deutlich vor Augen, als er sie eines Abends vor dem Bücherregal stehen sah. Sie stand mit gekreuzten Beinen in einer bunten Hüfthose mit weitem Schlag und blätterte auch noch ausgerechnet in einem Buch voller Grafiken, wie er sehen konnte, als er sich näherte. Alex erschrak und wollte die Bibliothek ihrem Besitzer freimachen. Der aber forderte sie zum Bleiben auf und sah ihr über die Schulter ins Buch.

»Ich habe in einem Grafikbuch geblättert, als ich meinen ersten Manager engagiert habe. Der hatte auch 300 Bücher in seiner Wohnung, glaube ich. Und wir haben damals solche Sachen angezogen wie du jetzt. Na ja, vielleicht war ich auch gerade in der Schlampenphase oder in der Bob-Dylan-Phase.«

»Was trägt man in der Bob-Dylan-Phase?«

»Schwarz.«

»Oh. Gut.«

»Wechselst du jetzt?«

»Nach dem nächsten Monatslohn und wenn ich mal wieder in eine Stadt komme, wo es so etwas gibt.«

»Magst du Bob Dylan?«

»Ja.«

»Warum?«

»Ich verstehe nichts von Musik, aber ich liebe Geschichten. Besonders über einsame Menschen. Also mag ich Dylans Balladen. Und Billy Joels. Darf ich fragen, wer jetzt Ihr Manager ist?«

»Ich habe keinen.«

»Warum nicht?«

»Ich brauche keinen.«

»Und warum haben Sie früher einen gebraucht, wenn ich fragen darf?«

»Ich dachte, dass man zumindest jemanden braucht, der die Verträge aushandelt. John Lennon hat mich darauf gebracht, dass der Künstler ein genauso guter Manager sein kann wie jeder andere. John hat mir alles erklärt. Er nahm mich beiseite und machte mir klar, wie das Ganze lief, und da merkte ich erst, wie naiv ich gewesen war.«

Lennon war herzlich zu Bowie gewesen und so fasziniert von seiner Musik, dass er sich zu ihm ins Studio gesetzt hatte. Weil er Tipps und Inspiration gegeben hatte, stand er als Mitkomponist unter dem Titel *Fame*. »Wenn Lennon im Studio ist, fließt viel Adrenalin«, hatte Bowie gesagt.

»Und Mick Jagger hat mir die Feinheiten erläutert. Er hat Wirtschaft studiert, bevor er Rockstar wurde.«

»Er singt, als wäre er vom Bau gekommen. Verzeihung.«

Bowie lachte. »Das gehörte sich so für einen ordentlichen Rock 'n' Roller.«

»Eine Lüge.«

»Show. Dafür, dass du meinen Bertolt Brecht zerwühlst, verstehst du aber wenig von ...«

»Sie desillusionieren ja gar nicht! Ganz im Gegenteil! Ich weiß schon, Sie haben es mal versucht, aber nicht wirklich durchgezogen.«

Bowie neigte in seiner charakteristischen Art den Kopf zur Seite. Auf diese Weise brauchte der Pantomime keine überflüssigen Worte, um die Frage zu formulieren.

»Sie tragen eine gewisse Verantwortung, wenn Sie sich zu Idolen, zu Führern aufschwingen. Junge Menschen in den 70ern haben sich an solchen coolen Typen orientiert, glaubten den Unsinn und jeder, der zur Uni ging, oder sonst was lernte außer Gitarre spielen, musste zwangsläufig hässlich und verstaubt sein. Ein Grufti, an dem das Leben vorbeiging.«

»Es täte mir sehr leid, wenn wir dir eine Chance verbaut hätten.« Alex legte ihrerseits den Kopf zur Seite, denn es war nicht hörbar, ob er es ironisch oder ernst meinte. Bowie hob die Brauen und wartete, aber Alex entschied sich, nicht zu antworten. Er aber hielt das Schweigen länger aus als sie. Lange genug schaffte sie es jedoch, um von sich auf ihn überzulenken.

»Sie sind nicht zur Uni gegangen, oder?«

»Nein, ich wollte schon in der Schule der Elvis der neuen Zeit werden.«

»Und woher haben Sie dann Ihre Bildung, wenn ich fragen darf?«

»Mein Bruder Terry hat gemeint, ich sollte die Schulbücher wegwerfen und Jack Kerouac, Allen Ginsberg, Gregory Corso, Lawrence Ferlinghetti, John Clellon Holmes und William Burroughs lesen.«

Er wandte sich zu den Regalen um, stand mit gekreuzten Beinen still und griff einen alten Buchrücken heraus, um ihn Alex zu überreichen.

»Ist Ihr Bruder älter als Sie?«

»Neun Jahre. Hast du auch einen?«

»Sieben Jahre älter. Aber er hat sich nicht für mich interessiert. Ich war ja nur ein Mädchen.«

»Das tut mir leid.«

Dieses Mal meinte er es ernst. So ernst, dass sie versucht war zu sagen: »So schlimm war es nun auch wieder nicht.« Aber ihr blieben die Worte im Hals stecken. Ein bisher unbekanntes Gefühl stach in ihren Bauch. Ein Gefühl, das sie nicht haben wollte und von dem sie geglaubt hatte, sie würde es nie besitzen: Neid. Neid auf einen Bruder wie Terry. Sie neidete und sie hasste Bowie für Kälte und Ignoranz gegenüber seiner Exfrau, die verzweifelt gewesen war und der er nicht geholfen hatte. Und nun hasste sie sein freundliches, charmantes Auftreten. Und sie konnte sich auch nicht erklären, warum er jetzt noch einmal auf sie zukam, ihr den Band aus der Hand nahm und, indem er darin blätterte, erklärte: »Nach der Borroughs-Methode habe ich viele Stücke, vor allem *TVC 15* gebaut. Man zerschneidet einen längeren Text, zum Beispiel aus einem Buch, einer Zeitung oder einem Gedicht, in einzelne Worte und setzt aus den Schnipseln einen willkürlich neuen Text zusammen.«

Alex hob ruckartig den Kopf und blickte ihm zum ersten Mal seit dem Einstellungsgespräch lange in die Augen. Ihre eigenen Augen sprühten Funken der Empörung.

»Das mag ja Ideen- und Stil-Diebstahl auf die konsequenteste und geniale Spitze getrieben sein, aber Verzeihung, das erinnert mich an einen Schimpansen, der Scrabble spielt! Meiner Meinung nach sollten Worte dazu dienen, Gedanken zu transportieren und einem Song oder Gedicht Tiefe und Sinn zu verleihen! Sie in die Luft zu werfen und auf das Beste zu hoffen, ist die Verneinung der Kunst! Offen gestanden mag ich *TVC 15* überhaupt nicht! Ich erwarte von einem Autor oder jedem Künstler, dass er mir etwas mitzuteilen hat! Ansonsten sollte er den Mund halten! Nun«, wandte sie etwas ruhiger ein, »vielleicht war es nötig, was Sie gemacht haben. Vielleicht war es die notwendige Vorstufe dessen, was manche postmoderne Autoren getan haben. Als es nichts mehr zu erzählen gab, haben sie konsequenterweise *nicht* mehr geschrieben.« Nach einer Atempause fügte sie ironisch hinzu: »Das hieß für sie natürlich auch die Konsequenz, nichts mehr verkaufen zu können und auf Ruhm zu verzichten … Sehr mutig von ihnen, finde ich. Ich weiß nicht, ob sie genug Geld hatten, um sich den Verzicht leisten zu können. Aber wir alle verzichten ja auch nicht auf mehr Wirtschaftswachstum, obwohl wir es uns erlauben könnten und obwohl noch mehr Wachstum die Erde zerstört. Offenbar zerstört ebenfalls die höchste Blüte der Kultur sich selbst. Die Folge ist hier wie da Dekadenz, Orientierungslosigkeit, Mangel an Inhalten, Idealen, Zielen. Nur die Techniken entwickeln sich weiter, werden immer feiner. Rahmen, Masken, Show, ohne Inhalte.«

Bowie steckte die Schläge amüsiert und überrascht ein und gab sich zugleich Mühe, diesem wilden, ungeraden Gedankengang zu folgen. Worauf wollte sie hinaus?

Alex sah ihn in Gedanken den Fünfjahresvertrag zerreißen und hätte am liebsten »Scheiße« geschrien, während sie den Blick auf den Holzboden fallen und ihre Schultern folgen ließ.

»Ich hab's wie immer versaut. Meine letzte Chance auf Leben«, dachte sie und sagte nur: »Entschuldigung. Tut mir leid.«

Im Übrigen kamen ihr nur Fluchtgedanken, denen sie augenblicklich folgte. So schnell Bowie auch denken konnte, in dieser ungewohnten, unvorbereiteten Situation fiel ihm nichts anderes ein, als den gestreiften Hüft- und Schlaghosen nachzusehen, die sich im Braun seines mittleren Sichtfeldes verloren.

Irgendwann konnte es sich jeder Star leisten, sich nur noch mit Menschen zu umgeben, die zustimmten, folgten, nützlich waren. Er leistete sich diese Entspannung nach dem Kampf gegen den Strom. Irgendwann wurde das aber langweilig, ging auf die Nerven. Er suchte den Widerspruch, provozierte ihn sogar und möglicherweise fand er ihn. Entweder hielt er ihn dann aus, machte ihn sich erneut zunutze oder war nicht mehr bereit oder fähig, von seinen Gewohnheiten abzulassen.

Bowie war bekannt dafür, dass er keine Gewohnheiten zuließ. Als er die Fassung wiedererlangte und Alex sah, die es vorzog, ihre Rolle zu spielen, wenn auch mit einem Gesicht voller Sorge, versuchte er sie zu beruhigen, sagte, dass alles okay wäre, versuchte an ihr Gespräch anzuknüpfen. Aber Alex hatte ihre Mauer schon wieder repariert. **43**

***

Wenn Bowie zu seiner Familie flog, fand Alex Zeit, sich öfter im Café herumzutreiben und kleine Bekanntschaften mit Kellnern, aber auch mit Forstaufsehern, Alpenreinigern und Bauern, von denen es nicht mehr viele gab, aufzubauen. Mitunter führten ihre Fahrten bis nach Frankreich hinein. Sie schrieb ihrer Familie, dass die Franzosen natürlich ganz anders waren, als ihre Bekannten sie beschrieben hatten: Ein ganzes Volk, das hinter Touristen herrennt und »Heil Hitler« schreit? Unsinn! Die Wahrheit war die ältere Dame auf einer Restaurantterrasse, die gesagt hatte: »Schade, dass wir nicht dieselbe Sprache sprechen.« Das war die Wahrheit. Alles andere hätte Alex auch gewundert. So viel kannte sie von der Welt. Mit »Heil Hitler« war sie nur einmal in einem englischen Pub begrüßt worden und hatte geantwortet: »Thank you, Churchill.« Hier würde sie sagen: »Merci, Monsieur de Gaulle, pour l'Europe.«

Einen europäischen Kuss gab ihr Bowie, als er wieder in Blonay eintraf. Alex erwartete ihn auf der Veranda, der Helikopter zerstörte ihre Frisur und ihre Haltung. Bowie hielt seinen Borsalino fest, sprang heraus und lief in gebückter Haltung von den Rotorblättern fort, die sich in die Höhe schraubten, sobald er die Veranda erreicht hatte.

»Bonjour, Alex. Ich brauche ein Bad und eine Riesenkanne Matetee. Schön dich zu sehen. Ich hoffe, du warst nicht zu einsam hier oben.«

»Es war erhabene Einsamkeit, Mr. Bowie.«

Er stutzte. Und das war nicht das erste Mal.

»Aber ich freue mich auch, Sie wiederzusehen. Wie war der Flug?«

»Kalt.«

»Sie haben abgenommen.«

Er lachte. »Ich habe gegessen, was meine Frau zu essen pflegt. Heirate ein Model und du bleibst schlank.«

»Mr. Bowie? Darf ich Ihnen ein Kompliment machen?«

»Was meine Schlankheit betrifft?«

»Nein, Ihre Frau. Sie ist mit Abstand die schönste Frau der Welt.«

Er drehte sich noch einmal um. »Danke, Alex.«

Auf dem Meer

Nicht lange danach fragte er, ob sie seekrank werde.
»Nein.« Sie hätte von Schiffstouren mit ihrem Vater erzählen können, hätte sagen können, dass sie schon als Baby den ersten Törn gemacht hatte.
»Ich bin auf eine Jacht eingeladen. Es werden ein paar Freunde dort sein und ich fürchte, niemand wird sich um meine Angelegenheiten kümmern. Ich möchte dich mitnehmen, falls du nicht allzu sehr an Blonay hängst.«
»Ich hänge an Blonay, aber auch an meinem Beruf. Und ich bin nicht so verwurzelt, als dass ich eine Abwechslung nicht vertrüge. Wenn ich anschließend zurückkommen kann.«
Bowie schlug die Augen zum Himmel auf, als könnte der Alex' gestelztes, emotionsloses und distanziertes Gerede unterbinden. Nicht einmal der Himmel bekam sie weich.
Das stimmte nicht. Der Anblick des Himmels schaffte das, aber Alex schaute stur auf den Parkettboden. Bowie entfuhr der erste laute Satz: »Kannst du nicht *einmal* sagen: Ja, ich freue mich, oder Nein, ich hasse es?«
Alex zog die Brauen hoch und schwieg für Sekunden. »Jemand hat mir gesagt, ich müsse lernen, meine Interessen und Bedürfnisse zu nennen. Ist es das?«
»Was?«
»Was Sie jetzt von mir erwarten?«
»Genau.«
»Verzeihung. Ich dachte, das gehört nicht zu meinem Job.«

»Wenn ich dich darum bitte, schon. Manchmal glaube ich, ich habe dir den falschen Job gegeben. Oder genau den, den du willst. Er macht alles nur noch schlimmer.«

»Schlimmer, Mr. Bowie?«

»Alex, Menschen seid ihr, keine Funktionäre! Weißt du, wer das gesagt hat?«

»Lenin.«

»Du bist klug. Das ist das Einzige, was du nicht verbergen kannst.« Alex neigte den Kopf. »Ja, ich freue mich.«

Als sie aufblickte, bevor sie ging, sah sie in ein ernstes, beinahe besorgtes Gesicht. »Klug bin ich übrigens keineswegs.«

Bowies Freunde legten Wert auf ein unbekanntes Rückzugsgebiet. Es hieß also nicht Mallorca.

Als er, gefolgt von Alex, an Bord stieg, fragten sie: »David, wer ist diese Lady?«

Alex schaute nicht in die Gesichter.

Im Vorbeigehen über die Gangway antwortete Bowie kühl und unbewegt: »Mein Butler.«

»Butler!« Das Gelächter war laut. Auf dem schnellen Regattasegler nebenan hoben sie die Köpfe zu der illustren Gesellschaft auf der Jacht namens Blue Velvet aus St. Tropez und hielten einen Augenblick dabei inne, ihren Mann im Bootsmannsstuhl hinauf zur Spitze des Mastes zu ziehen, woraufhin der sich lautstark beschwerte.

»Klar. Sicher. So nennt man das jetzt. Aber du hast schon einmal besseren Geschmack gezeigt. Trotzdem, sehr originell das Ding.«

Alex konnte sich eines wutentbrannten Blickes nicht enthalten, der von Furcht um den Job an Wirkung einbüßte, bevor sie die Augen fest und auf nichts anderes mehr als auf die Teakplanken des Schiffes heftete.

In der aufgeregten Stimmung des Reisefiebers nach dem Ablegen alberten sie mit ihr herum, machten ihr Schwierigkeiten beim Servieren der Getränke. Alex wurde Opfer ihres Adrenalins. Sie fürchtete, mit solchen Situationen nicht fertigzuwerden und zu viel Aufsehen zu erregen. Doch je mehr sie sich fürchtete, desto schlimmer wurde es. Sie konnte schlecht ihr Taschentuch zücken, um den Schweiß fortzuwischen, konnte den Chef nicht um Hilfe bitten, der das alles nicht beachtete, nur manchmal aufsah, als wartete er auf Alex' Reaktion.

Wer sie jedoch beobachtete, war ein Freund von Bowie, zugleich Arzt in Montreux. Sie waren gemeinsam hergekommen und Dr. Martin hatte ihr auf dem Flug eine Million schwer zu beantwortender Fragen gestellt. Jetzt zog er sie zur Seite und sagte in ruhigem Ton ganz nebenher, indem er das Glas von Alex' Tablett pflückte, das für ihren Chef bestimmt gewesen war: »Wenn er dich als Butler anerkennt, dann bist du es. Der lässt sich nicht von anderen beeinflussen.« Er trank einen Schluck eisgekühlte Margarita und leckte sich das Salz von den Lippen. Das Tablett war leer, sie konnte es sich leisten, es für Minuten seitwärts herabhängen zu lassen, um nach dem Taschentuch zu greifen und sich die Stirn zu wischen.

»Du bist jetzt eines seiner verlorenen Kinder. Er mag vielleicht ein Egoist sein, wenn es heißt, Freunde und Verwandte fallen zu lassen, die ihm auf den Füßen stehen oder seiner Karriere nicht oder nicht mehr nutzen, aber wenn er jemanden in Schwierigkeiten sieht, dann spielt er ebenso gerne die Rolle des weisen Vaters. So wie er selbst von seinem Vater, von Kenneth Pitt und von Defries beraten worden ist. Er hat ebenso gern den Vater für Bette Middler wie für Ava Cherry gespielt und Iggy Pop geholfen. Jetzt gibt er dir einen Job. Warum auch nicht? Dir hilft's und ihm tut es nicht weh. Nur«, er trank einen weiteren Schluck und leckte unauffällig am Salzrand, »unter all den verlorenen Kindern muss er eine Auswahl treffen. Wie er das macht, ist diesmal interessant. Du heißt nicht Bette Middler, siehst nicht aus wie Ava Cherry und spielst nicht Rock 'n' Roll wie Iggy Pop.« Er drehte sich um und mischte sich unter die Gäste, wobei sein Grinsen einfror.

Alex schaute sich nach ihrem Chef um, ob er das Gespräch bemerkt hatte. Nichts deutete daraufhin. Er saß auf einem Deckstuhl, die Beine übereinandergeschlagen, auf dem Knie ein leeres Cocktailglas. Es hinterließ einen Rand auf der hellen Hose. Die andere Hand hing über der Lehne und hielt die obligatorische Zigarette. Wurde er angesprochen, nahm er die höfliche Haltung der Aufmerksamkeit ein, sprach offen, charmant und witzig, aber ein freundschaftlich vertrauliches Verhältnis schien er in diesem Kreis nur zu Yoko Ono und ihrem Sohn Julian zu pflegen. Im Gespräch mit ihnen wich die leichte Arroganz einer intensiven Wärme, Nähe und – es sah aus wie Dankbarkeit. Dankbarkeit für was? Die ältere Dame und der junge Mann passten sich nicht der Partystimmung an. Sie blieben still und sprachen mit David.

Die Veränderung in seiner Haltung und in seiner Stimme zu solch einer Wärme und Vertrautheit zog die anderen an. Doch sobald sie sich um ihn scharten, wechselte er zu Kühle und Distanz. Sie kopierten seine Gestik, seinen Stil, seine Zivilisiertheit, die Gebärden des Gentleman. Immer wieder wandte einer den Kopf aus der Gesprächsgruppe heraus, um zu sehen, was er tat, wie er die Arme baumeln ließ und übers Meer in eine Ferne schaute. Sie betrachteten ihn wie ein lebendes Kunstwerk. Und fragten sich, was in seinem Kopf vorging. Ob und wieso er das Meer rosarot, den Himmel schwarz und eine alte Dame übers Wasser gehen sah.

Als ihn auch das Meer langweilte, beobachtete er Alex beim Servieren der Langusten. Ihre Hände waren das einzig Tätige im Umkreis, bis auf die Manöver der Crew in den rosa Sweatshirts: der Schiffsjunge, noch ein halbes Kind, der alte Smutje und ein Mann, der wie ein hawaiianischer Surfer aussah, braun gebrannt war seine Haut, breit das Kreuz, schmal die Hüften und lang der Pferdeschwanz.

Alex legte vor und dachte, sie wüsste genau, wie sich eine Languste fühlte, wenn sich ihr Panzer im kochenden, todbringenden Wasser erhitzte.

»Ist dir warm, Alex?« Er fragte leise auf Deutsch. Alex antwortete nicht flüsternd, das hätte Aufmerksamkeit erregt, sondern korrekt, als habe sie eine Anweisung entgegengenommen: »Sehr.«

»Für einen Schiffsausflug bist du unpassend gekleidet im grauen Anzug.«

»Ich dachte wegen der Leute«, murmelte sie.

»Das sind keine Leute, sondern meine Freunde. Und ganz nebenbei, ich erlaube mir auch unter sogenannten Leuten alle Freiheiten. Zieh dir etwas Legeres an.«

Das kann er nicht im Ernst unter Freundschaft verstehen, dachte Alex, indem sie sich entfernte und die Bordschuhe umging, die in ihrem Blickfeld erschienen.

Als das Schiff vor Anker lag, Alex beim Abräumen half, die Gesellschaft sich ans andere Ende des Schiffes zurückgezogen hatte, um die Tier- und Soßenreste nicht mehr zu sehen, die sie hinterlassen hatte, saß ihr Chef noch am Tisch. Er stupste die Schale eines Hummers an, als wollte er ihn auffordern, wieder lebendig zu werden. Alex nutzte die Gelegenheit, das Gespräch wieder aufzugreifen. »Haben Sie noch einen Wunsch, Mr. Bowie?«

Er schüttelte den Kopf.

»Darf ich mir dann eine Freiheit herausnehmen?«

Bowie ließ den Hummer tot sein und sah auf. Er konnte sich nicht erinnern, wann Alex einmal ein Bedürfnis geäußert hätte. Einen Moment schien er die bequeme Haltung aufgeben und sich aufrichten zu wollen, beließ es aber bei einer einladenden Mimik, um sie nicht zu verschrecken.

»Bitte.«

»Darf ich schwimmen gehen?«

»Hier? Auf offenem Meer?«

Alex verstand nicht. »Ja, wo sonst?«

»Am Strand oder sonst wo, wo es einfacher ist.«

»Das geht schon.«

»Soll ich fragen, ob sie dir etwas arrangieren können?«

»Nicht nötig, danke.«

Alex ging strengen Gesichts und gemessenen Schrittes bis zur Kajütentür, raste dann verschmitzt grinsend in ihre kleine Kabine, riss sich die verschwitzten, klebrigen Kleider vom Leib, viel zu viel Stoff, bekam nicht schnell genug den Badeanzug auf die feuchte Haut und rannte dann unhörbar auf nackten Sohlen die Teakstiegen hinauf. Schnell schlich sie zwischen Kajütdach und Reling ans andere Ende des Schiffes. Niemand sollte sie sehen oder hören, wenn sie sprang. Sie hob einen Fuß auf die Reling und umfasste sie mit den Zehen, um sich abzustoßen. Der Kälteschock hätte sie beinahe unter Wasser atmen lassen. Sie tauchte mit einem Schrei vor Schreck und Vergnügen auf. Wäre die Gesellschaft nicht mit Small Talk beschäftigt gewesen, hätte sie ein ausgelassenes Kind gesehen, verrückt vor Glück über den freien Fall von der Reling und über das Meer um den heißen Körper, der sich beim Tauchen ausstrecken durfte. Alex quietschte vor Wonne, als sie aus dem Wasser in die goldene Abendsonne schoss und in einem Bogen wieder eintauchte.

»Du, könntest du schwimmen, wie Delphine, Delphine es tun.«

Der Jüngste der Crew hörte Bowie im Rauschen des Windes singen. Er hielt im Polieren der Messingbeschläge inne, solange die Gänsehaut währte. Nur einen schnellen Blick wagte er über die Schulter zu werfen.

Bowie lehnte an der Reling wie ein englischer Gentleman in einem Film, der im 19. Jahrhundert spielte. Allenfalls Peter O'Toole hätte diese Haltung überbieten können. Es war unmöglich zu entscheiden, ob er so stehen und aussehen *wollte* oder ob es seine natürliche Art war. Was an ihm war natürlich?

Als er acht Jahre alt war, lag er acht Monate lang in einem Krankenhausbett. Sein Bruder brachte ihm Bücher über Buddhismus und die Beatautoren. David las sie mit einem Auge und doppelter Aufmerksamkeit. Als er das letzte Buch schloss, es auf die Decke legte, wo es auf der Körpermitte einsank, schloss er auch das gesunde Auge und begann zu sehen: Der Mensch ist das erste freigelassene Wesen. Es vermag sich über die Abhängigkeit von seinem Körper und der umgebenden physischen Welt hinauszuheben durch Bewusstsein. Der Mensch hat die Wahl. Er hat die Wahl seiner eigenen Existenz. David war nicht gebunden an seine Behinderung, er war nicht gebunden an das dunkle Haus der Eltern, wenn er nur wählte, wenn er Verstand und Bewusstsein schulte.

»Man muss die eigene Existenz in Frage stellen, und wenn man das tut, bleibt man mit einer ungeheuren Einsamkeit zurück. Ich sagte mir: Wer weiß, vielleicht werde ich auch noch wahnsinnig, wenn es schon in der Familie liegt. Aber dann spürte ich dieses im Grunde widerwärtige Verlangen, mehr als nur ein Mensch zu sein. Als Mensch fühlte ich mich ganz, ganz klein. Ich dachte, verdammt, ich will Superman sein! Ich sah mich an, meine Gedanken, mein Auftreten, meine Sprache, meine Eigenarten und Idiosynkrasien, und nichts davon gefiel mir. Also riss ich alles raus, warf die kaputten Teile weg und ersetzte die alte Persönlichkeit durch eine völlig neue. Wenn ich mitbekam, wie jemand was Intelligentes sagte, griff ich es auf und tat so, als sei es von mir. Wenn ich an jemandem etwas fand, das mir gefiel, übernahm ich es. Das tue ich noch heute. Es ist wie mit einem Auto, bestimmte Teile werden ersetzt.«

Wenn Bowie *Velvet Underground* hörte, übernahm er den Stil, um ihn weiter zu entwickeln, expressiver, drängender zu machen und seine Stimme darüber zu legen. Wenn er von Mick Jaggers Idee zu einem künstlerisch gestalteten Plattencover hörte, brachte er es noch vor den *Rolling Stones* heraus.

Bowie sammelte Stile, Sätze, Gesten, Bewegungen genauso wie Bücher, Kostüme, Requisiten. Aus der Unfähigkeit heraus, er selbst zu sein, schuf er den, der er sein wollte. Der schüchterne Junge avancierte zum selbstbewussten Star und zum Idol für alle, die nicht aus ihrer natürlichen, hässlichen Haut herauskonnten. »You'll never leave your body now, you've got to wait to die.«

Alex bemerkte das Gesamtkunstwerk, als sie umkehrte und vom Rückenschwimmen auf die Brust drehte. Sie zögerte, fühlte sich ertappt, doch erlaubte sie sich, das Bild aus der Ferne zu betrachten, für das sie weder bezahlen noch sich darum kümmern musste. Eine Sekunde lang dachte sie an ihre Freunde, die sie nie hatte besitzen wollen, die jedoch Alex hatten besitzen wollen. Alex war keine Sammlerin, weder von Kontakten noch von Kunstwerken noch von anderen Besitztümern. Darin unterschied sie sich von Bowie, der nichts wegwarf, sondern ein riesiges Archiv all seiner persönlichen Erinnerungen im Meisengehege aufbewahrte. Alex warf jede Erinnerung fort. Und sie wollte nicht mehr Materielles besitzen als in einen VW-Bus hineinpasste. Denn Besitz und Menschen machten abhängig und pflichtschuldig. Besitz bedeutete Vergangenheit und war eine Last. Alex wollte frei sein.

Deswegen war sie kaum enttäuscht, dass ihr niemand eine Hand reichte, um sie die Reling heraufzuziehen. Wer alles allein schaffen musste, wurde stark. Bowie war von der Reling zurückgetreten.

***

Am Morgen spürte sie Unruhe an Bord. Die Passagiere machten sich für einen Landgang zurecht. Alex hörte durch die Wände der Kabine Föhne, Rasierapparate und das Fallen eines Flakons in den Spülstein, während sie Bowies schmutzige Wäsche in den Koffer stopfte und das Bett machte. Er zog sich ein frisch duftendes und gebügeltes weißes Hemd zur beigefarbenen Hose an.

»Willst du shoppen gehen, Alex?«

»Wenn Sie wünschen.«

»Nein Alex.« Er drehte sich mit Schwung um und seine Ungeduld scheuchte Alex aus dem Trott. »Ich habe *dich* gefragt, ob *du* gehen willst.«

»Nein.«

»Gehst du nicht gerne?«

»Nein. Das heißt, wenn ich etwas brauche, dann verbinde ich das mit einem Caféhausbesuch und mache es mir nett. Aber nur so gehe ich nicht gerne einkaufen.«

»Ungewöhnlich.« Er fuhr fort sich anzukleiden, während Alex beim Bettenmachen innehielt. »Der Mann meiner Apothekerin, die auch nicht gerne bummeln geht, hat zu ihr gesagt, sie sei gar keine richtige Frau.« Sie wachte aus den Gedanken auf und setzte die Arbeit fort.

Bowie hielt beim Zuknöpfen des Hemdes über dem silbernen Kreuz inne und drehte sich zu ihr um. »Bist du keine richtige Frau? Oder willst du keine sein?«

Alex schaute aus dem Heckfenster, blinzelte, weil die geputzten Messingbeschläge die Sonne reflektierten.

Bowie drehte sich dem Spiegel zu. »Du musst mir nicht antworten.«

»Würde ich ja, wenn ich wüsste, wie. Sagen wir mal, ich will mich nicht auf eine Definition festlegen.«

»Willst du beides vereinen?«

»Das wäre das Ideal der deutschen Romantiker bis Mitte des 19. Jahrhunderts. Novalis, wissen Sie? Dickens und die englische Romantik haben etwas anderes begründet.«

Bowie ließ von seinen vielen Knöpfen ab und betrachtete ihren Rücken.

»Du legst dich nicht auf eine Rolle fest.«

Alex dachte plötzlich an jenes Foto von Anton Corbijn, auf dem sich Bowie in Frauenkleidern gezeigt hatte. Bowie mit langen blonden Haaren und blassem Porzellangesicht auf einem Diwan, Spielkarten in der Hand und verstreut auf dem Boden. Die amerikanische Plattenfirma hatte sich geweigert, das Cover zu übernehmen. Als er sich am Flughafen von LA umgezogen hatte und in Frauenkleidern aufgetreten war, hatte man ihn verhaftet. Erst Jahre später war die Zeit für ihn reif.

Alex roch geradezu das Kleid aus jenem in England viktorianischen, in Deutschland romantischen Jahrhundert. Es war derselbe leicht modrige Geruch, wie er in der Kabine herrschte. Er stieg vom feuchten Holz des Fensterrahmens auf, das von der Morgensonne beschienen, getrocknet und erwärmt wurde.

»Wenn ich nicht irre«, sagte der Meister der Verwandlung, »haben die deutschen Romantiker darin das zukünftige Goldene Zeitalter gesehen. Das vergangene sahen sie in der Kindheit. Wie wäre es mit Kind?«

»Das ist gut. Kindfrau wäre nicht schlecht.«

Er hüstelte, indem er an Nabokovs *Lolita* dachte.

»Frag den Koch, ob er auch für mich allein kocht. Falls ja, da hinten an der Hafenmauer verkaufen sie frisch gefangene Calamaris. Besorgst du welche?«

»Gehen Sie nicht aus?«

»Hatte ich nicht vor. Ich wollte dir nur das Vergnügen lassen. Ich will in Ruhe arbeiten. Sorg dafür, dass die Crew sich von mir fernhält, bitte.«

Alex dachte, sie hätte es auch gehasst, wenn die Crew in ihren dämlichen rosa Sweatern um sie herum das Deck wischte. Sie gab den Männern Anweisung, die sie kommentarlos entgegennahmen, und sprang von Bord auf die Hafenmauer. Es roch nach Fisch, sonnenwarmem Teer und den Öllachen auf der Wasseroberfläche. Leicht schwankend wie ein Seemann näherte sie sich den Fischkisten. Der Händler in schmutziger Fischerkleidung richtete sich aus seiner gebückten Haltung über den Kisten auf zu der Frau im grauen Anzug.

Bowie hatte sich ans Heck des Schiffes zurückgezogen. Alex suchte nach getaner Arbeit mit dem Laptop unterm Arm wie ein Hund nach einem anderen ruhigen Platz, wo sie der Crew nicht in die Quere kam. Sie fand ihn am Bugspriet, ließ die Beine über dem Wasser baumeln, den Computer auf den Knien. Von oben musste das Schiff einen ungewöhnlichen und schönen Anblick bieten. Zwei still und künstlerisch arbeitende Menschen bildeten die Pole einer Holzspindel. Um die Holzspindel herum dümpelten Stockenten und Schwäne. Ab und an ließen wildes Geschnatter und ein Kampf zwischen bunten Hähnen auf dem Wasser die Arbeitenden aufschauen. Dann kehrte wieder

Ruhe ein, bis auf das Schlagen der Fallen gegen die Masten. Es verstärkte sich, wenn ein Schiff den Hafen verließ und sanfte Wellen verursachte. Leise tuckerten die Motoren vorbei und hinterließen Spuren von Benzingeruch. Um elf Uhr hatte knapp die Hälfte aller Boote das Hafenbecken verlassen.

Zu dieser Zeit war Alex so tief in einem Essay versunken, dass sie Bowie nicht rufen hörte. Plötzlich stand er hinter ihr. »Gehen wir schwimmen?«

Alex rutschte beinahe der Computer ins Wasser. Sie drehte sich um und sah zu der breitbeinig das Dümpeln des Schiffes ausgleichenden Gestalt in der Sonne auf. Sein Hemd war etwas aufgeknöpft, das silberne Kreuz reflektierte die Sonne.

»Im Hafenbecken?«

»Natürlich nicht. Fragst du die Crew, ob sie uns mit dem Beiboot herausfährt?«

Alex wagte zu behaupten: »Wenn sie es uns nur herunterlassen, reicht das schon. Fahren kann ich.«

»So, Boot fahren kannst du also auch. Wann wirst du mich nicht mehr überraschen? Okay, dir trau ich alles zu. Dann sag denen Bescheid und pack unsere Sachen. Du darfst auch schwimmen gehen, falls ich das noch sagen muss.« Er blieb stehen, wo er stand, schaute über den Hafen im grellen Licht, vor dem ihn die Sonnenbrille schützte, und wartete, dass Alex aufstand. Als sie sich an ihm vorbeidrückte, sagte er, ohne den Blick vom Geradeaus zu wenden: »Ich wünsche mir etwas mehr Selbständigkeit und Eigeninitiative von dir, Alex. Falls du meinen Interessen dabei in die Quere kommst, werde ich es dir schon mitteilen.«

Alex blieb schräg neben und hinter ihm stehen, sodass sie fast Rücken an Rücken, Schulter an Schulter standen, doch schaute sie auf die rötlichen Planken, er ins Weite. »Und *mitteilen* bedeutet nicht gleich Entlassung. Haben wir uns verstanden?«

»Ja, S… Mr. Bowie.«

Was wollte er von ihr, fragte sie sich, während sie in aller Eile die Sachen zusammenpackte. Sie hatte den Surfer, wie sie ihn nannte, um das Ablassen des Bootes gebeten, und das mit einem so ernsten und steifen Gesicht, dass er mit keinem Lächeln geantwortet, sondern sich sofort an die Arbeit gemacht hatte. Sie wollte so distanziert, korrekt und zugeknöpft wie nur irgend möglich wieder an Deck kommen, aber alles um sie herum war dazu geschaffen, diesen Plan zu vernichten. Die leichte Kleidung, die sie tragen musste, der Badeanzug darunter, die heiße Sonne, das Holz unter den nackten Füßen, die Handreichung Bowies, der selbst statt ihrer zuerst ins Boot sprang und ihr beim Einsteigen half. Alex zögerte, seine Hand zu greifen und legte dadurch nur noch mehr Gewicht auf die unbedeutende Geste und auf den Bruch ihrer beider Rollen. Sie zog sich wieder zusammen, doch indem sie breitbeinig hinter den Windschutz trat, das sonnenheiße Steuerrad in die Hand nahm und den Schlüssel umdrehte, durchdrang sie die Sicherheit der männlichen Rolle. Zugleich schoss ihr Blut heiß durch die Adern vor Aufregung und Furcht zu versagen, sich dumm anzustellen, ungeschickt den Liegeplatz zu verlassen, beim Ablegen das Schiff zu rammen, weil sie nicht mit der Reaktion dieses Bootes auf Gas und Lenkung vertraut war. Alex hatte gehörigen Respekt vor dem fremden kleinen Boot, der gefährlichen Enge und dem Betrieb im Hafen. Aber weil sie sich *fühlen* wollte wie ein alter Seemann auf seinem Motorboot, *wirkte* sie auch so. Noch glaubwürdiger war sie in dieser Rolle, weil sie auch so *fuhr*. Als junges Mädchen hatte sie einige kleine Boote von Freunden ihres Vaters in Grund und Boden gefahren. Das übte ungemein.

Die Crew wandte sich beruhigt ab und setzte das Deckschrubben fort, als Alex die Hafeneinfahrt hinter sich gelassen hatte. »Stellt sich gar nicht so blöde an, dieses seltsame Weib«, nickte der Surfer dem Schiffsjungen zu.

Alex spürte, wie die Blicke von ihrem Rücken glitten. Sie ließ die Schultern fallen, löste die verkrampften Hände vom heißen Lenkrad und legte die Hand leicht und gefühlvoll auf den Gasgriff. Sie ließ den Körper empfänglich werden für die Schnelligkeit ohne Bodenhaftung,

machte die Knie weich für das Springen des Rumpfes über die Heck-
wellen der großen Schiffe und das Aufprallen auf die Wasseroberfläche wie auf Beton. Dieses Gefühl konnten weder Autofahren noch
Fliegen vermitteln. Und nur beim Bootsfahren duftete es nach See und
Benzin. Alex unterschied die spezifische Mischung im Bootsmotor im
Gegensatz zu der im Automotor, in deren Geruch sich der des Blechs,
Lacks und des Asphalts mischte. Ihr hob sich der Magen, während sie
das Quietschen vor Glück unterdrückte. Ein Grinsen zeigte sie stattdessen dem Wind.

Bowie stand neben ihr, hielt sich an der Spritzscheibe fest und sah
über ihren Kopf hinweg zum Ufer und auf die See hinaus. Auf dem
Rundblick blieb er an ihrem beglückten Gesicht hängen und er bemerkte, dass sich auch seine Gesichtsmuskeln spannten. Sie redeten
fast nichts, der Lärm des Motors und des Fahrtwindes ließen das ohnehin nicht zu. Sie stimmten sich nur über den Weg und das Ziel ab,
über den Ankerplatz in der Nähe der Küstenklippen, aber nicht zu
nahe. Er legte die grobe Richtung fest, sie korrigierte im Detail mit
Hinweis auf Wassertiefe und Fahrrinne. Sie war durch grüne und rote
Bojen gekennzeichnet, die Bowie nicht erkennen konnte. Auch später,
als der Motor Ruhe gab und sie im Windschatten einer Bucht lagen,
sprachen sie kaum ein Wort. Alex vermied es, Bowie anzusehen, außer
als er von Bord sprang. Alex erinnerte sich an ein Foto, auf dem der
dürre Bowie im Lendenschurz an der Spitze eines Einbaumes saß und
durch die Südsee bei Mustique gepaddelt wurde.

Schweigend schwammen sie eine Strecke nebeneinander. Alex schien
es, als weile Bowie in Gedanken woanders als bei dem, was er tat. Aber
das konnte täuschen. Sie dagegen richtete ihre Aufmerksamkeit auf
jede Bewegung, damit ihr nur ja kein Patzer passierte. Sie wich ihm
aus, wenn eine Welle oder die Strömung sie auf ihn zuschwappen ließ,
und fürchtete, ein Arm oder Bein könnte ihn berühren.

Alex schwamm auf die Klippen zu und klammerte sich fest, obwohl
sie Gefahr lief, gegen die Felsen geschlagen zu werden und Schür-

fungen davonzutragen. Auch Bowie änderte die Schwimmrichtung und hielt auf sie zu. Ihr Blick fiel auf seine Brust. Sie brach durch die See. Sie zog sie an. Breitete ein Gefühl von Wärme und Geborgenheit in ihr aus. Gern hätte sie sich nass an die nasse Brust gekuschelt. Warum war so etwas nicht möglich? Warum konnten sich Menschen nicht in den Arm nehmen, ohne gleich einen Begriff dafür zu ermitteln und sich in eine Ordnung zu fügen? Der Dalai Lama hatte geschrieben, Menschen in den westlichen Ländern schienen ihre Zuneigung leichter Hunden und Katzen zeigen zu können als sich untereinander. Solange sie im materialistischen Zeitalter lebte, gab sich Alex die Antwort, wurde eine Umarmung mit Eros gleichgesetzt. Agape, die Nächstenliebe war out.

Alex stieß sich von der scharfkantigen, muschelbewachsenen Felswand ins Wasser ab, bevor Bowie sie und die Klippe erreichte. Sie tauchte unter die Strömung, die sie nicht fortkommen lassen wollte. Sie fühlte sich erst wieder wohl, als sie in einem Sonnenflecken nahe beim Boot auftauchte. Hier war das Wasser bis tief hinein durchsichtig, stellenweise bis zum sandigen Untergrund, wenn die Sonne hindurchströmte. Mehr Licht, mehr Sicherheit als im Schatten der Felsen. Alex atmete ein, soweit es der Wasserdruck um ihren Brustkorb herum zuließ, und klammerte sich an den Bootsrand. Unheimlich war es, mit den Füßen unter den Rumpf zu reichen, aber wenn die Sonne das Dunkle durchdrang und das Wasser klar und durchsichtig werden ließ, verwandelte sich das Unheimliche in schieres Vergnügen. Dann konnte sie unter dem Boot hindurchtauchen und jauchzte beim Auftauchen am anderen Ende des erstickenden Wassertunnels.

Sie wollte sich am Bootsrand hochziehen, aber Alex hatte starke Beine und schwache Arme. Bergsteigen war kein Problem, aber einen einzigen Klimmzug zu schaffen war unmöglich. Einst hatte ein Mann gesagt: »Du musst wenigstens so fit sein, um weglaufen zu können.« Sie hatte trainiert und es geschafft. Aber das eigene Gewicht halten konnte sie nicht. Sie rutschte ab.

»Darf ich helfen«, tauchte seine Stimme in ihrem Nacken auf. Er griff um ihre Hüften und katapultierte sie mit Schwung auf die Bordwand.

»Hast du dir weh getan?«

»Geht schon.« Mit dem Bauch hing sie auf der Kante und versuchte, ihr Bein an Bord zu hieven. Er wartete, bis sie sicher an Bord war, und schaffte es seinerseits mit einem einzigen Delfinsprung aus dem Wasser und mit dem Hintern auf dem Rand zu landen. Das Boot schaukelte, aber es kippte nicht.

Er ließ sich von der Sonne trocknen. Viel davon konnte die englische Haut nicht vertragen. Alex stand unschlüssig herum. Bowie schien sie nicht zu beachten. Eigeninitiative, Selbständigkeit, schwappte es Alex durch den Kopf. Sie schaute sich um, setzte sich auf den Sitz des Steuermanns, sprang noch einmal auf, legte das Handtuch unter und richtete den Blick auf die Klippenwand im Schatten. Im Rücken hörte sie sein Lachen über die verbrannten Schenkel.

Stille breitete sich in und um das Boot herum aus. Sie hob das Plätschern der Wellen gegen die Bordwand und das Rauschen in der Ferne bei den Klippen nur noch deutlicher hervor.

* * *

Zu Mittag servierte sie Babycalamaris a la plancha. Knoblauchduft wehte um das Schiff. Bowie spießte ein Tier auf und hielt es Alex hin. Sie goss Rosé ein, das Glas beschlug.

»Die sind gut. Setz dich.«

Alex ließ sich im Hinsetzen die Gabel in den Mund stecken und schwärmte, als ob sie von der Vertraulichkeit nicht irritiert wäre: »Ist der Smutje so gut oder sind die von Natur aus so zart?«

»Der wer?«

»Der Schiffskoch. Ist das Wort nicht international?«

Bowie schob ihr sein Weinglas hin. »Sag mal, gibt es etwas, worin du dich nicht auskennst?«

Da Alex schwieg, setzte er scherzhaft hinzu: »Seemannsknoten beherrscht du wahrscheinlich auch?« Er hätte sich den Zusatz sparen sollen, denn Alex nahm ihn wörtlich.

»Ich weiß nicht, ob man das verlernt.«

Sie stand auf und ließ sich vor einer Tampenschnecke nieder, sodass sich ihr kurzer, bunter Rock über das graue Teakdeck ausbreitete. Das Tampenende legte sie über einen Belegnagel, kreuzte eine Schlaufe nach der anderen und zog jede fest, als müsste sie tatsächlich die Jacht an der Mole halten. »Voila«, präsentierte sie ihr Werk. »Dieses Schiff reißt sich nicht mehr los.« Sie löste die Schlaufen und schleifte den Tampen hinter sich her zum Deckstuhl. Das Tampenende wie ein Phallussymbol vor sich, setzte sich Alex und überlegte. Sie legte das Ende um das Seil und steckte es durch die Schlaufe. »Well, wozu das gut ist, weiß ich auch nicht. Ich glaube, das ist *kein* Seemannsknoten.«

Bowie trank ihr zu, Alex brachte das Seil zurück und legte es in die ordentliche Schnecke. Bowie beobachtete sie über den Rand des Glases hinweg, es sah aus, als ob er ewig trinken würde. Mit der Hand strich sie über das Werk der Seemannskunst. »Wieso lieben Menschen Symmetrien?«

Bowie hielt inne, das Glas vor dem Mund. War die Frage an ihn gerichtet? »Weil sie Harmonien lieben.«

»Warum?« Sie drehte sich nicht zu ihm um.

»Das ist ein natürliches Bedürfnis nicht nur bei Menschen, sondern in der gesamten Natur. Es sichert ihr Überleben.«

»Ah, wie Pilze und Flechten eine Symbiose mit Bäumen eingehen; wie Vögel Schutz in Bäumen suchen; wie Menschen Bäume pflanzen und schützen, weil sie sonst keinen Sauerstoff zum Atmen haben … weil anders kein Leben in der Gemeinschaft möglich ist?«

Er nickte verwirrt, was Alex nicht sah, doch bevor er etwas erwidern konnte, dachte sie schon weiter. »Ist dann alle Kunst, Musik, alle Argumentation, sofern sie einem ordentlichen Aufbau folgt, Ausdruck für das Bedürfnis nach einer harmonischen Gesellschaft?«

»Natürlich. Und wenn ich absichtlich Disharmonien schaffe, ist das die Beschreibung von Konflikten, von Wut, Zorn und Leiden.«

»Und wenn ich dessen unfähig bin, ich meine, kunstvolle und überzeugende Gebilde zu produzieren, dann liegt das entweder daran, dass ich mein Handwerkszeug nicht verstehe oder daran, dass ich nicht in Harmonie mit meinen Adressaten lebe?«

Bevor Bowie antworten konnte, fügte Alex hinzu: »Aber es gibt doch niemanden, der in so friedlicher Koexistenz mit allen lebt wie ich, die ich nicht einmal einen Feind habe.«

Bowie wartete, ob er noch mehr zu hören bekam, erst dann antwortete er. »Vielleicht reicht das nicht? Friedliches Nebeneinander ist kein friedliches Miteinander.«

»Was fehlt?«

»Das weiß ich nicht. Du redest zu wenig. Vielleicht, um Konflikten aus dem Weg zu gehen?« Seine Stimme war sanft, sodass die Anteilnahme schmerzte. Er macht das mit Absicht, dachte Alex und war abgestoßen.

»Ist das falsch?«, fragte sie patzig und setzte sich.

»Vielleicht verschwindest du dabei vor lauter Harmoniebedürfnis. Hast du dich deshalb in die Berge zurückgezogen? Und in diese Rolle? Eine reine Funktion ohne Emotionen, ein Schweiger, der nichts preisgeben muss, der zwar noch existiert, aber nicht in Auseinandersetzung mit anderen? Am harmonischsten ist es ohne Zweifel, wenn es *keine* Menschen gibt. Menschen, die ihre Interessen anderen gegenüber geltend machen.«

Alex grinste teuflisch und Bowie fragte sich, ob er den Nagel auf den Kopf getroffen hatte. Ihr Grinsen, das dem seinen so ähnlich sah, verriet ihm, dass er zu weit gegangen war. Da es kein Zurück gab, ging er noch weiter. »Gehst du Konflikten aus dem Weg? Scheust du das Risiko? Was hast du zu verlieren?«

»Sie«, hätte Alex beinahe gesagt, doch sie schwieg.

Bowie schenkte nach und schob ihr das Glas zu. Aber das half nicht.

»Du sagst, dass du dein Handwerkszeug nicht verstehst?«, bohrte er, der bekannt für Geduld und Wissensdrang war. »Oder nicht in Harmonie mit deinen Adressaten lebst? Du musst vielleicht nicht von

Anfang an mit den Adressaten in Harmonie leben, sie müssen vielleicht erst lernen, deine Adressaten zu werden und dich zu akzeptieren. Dafür musst du kämpfen, Konflikte aushalten und nicht einfach verschwinden. Ich habe elf Singles gebraucht, um meine Ausdrucksform zu finden und anerkannt zu werden. Vielleicht hast du deine Ausdrucksform noch nicht gefunden?«

Da er keine Antwort erhielt, aber Alex aufhorchte und sogar einen Schluck Wein trank, versuchte er es mit der Bibliotheksmethode, sich seinerseits auszudrücken. Dabei ging sein Blick aufs Wasser hinaus in Ferne und Vergangenheit. Im Augenwinkel behielt er Alex.

»Ich habe Glück gehabt, mit dem Rock 'n' Roll meine Ausdrucksform gefunden zu haben. Vielleicht wären sonst all meine Talente ins Leere gelaufen. Mit etwas weniger Glück hätte ich auch schlimm enden können. Ich weiß nicht, was du schon ausprobiert hast?«

Die grünen Augen kamen zu ihr zurück. Sie trank und reichte ihm das Glas. Also lehnte er sich zurück und redete weiter. »Ich jedenfalls alles. Zuerst war die Wirkung positiv. Ohne Kokain hätte ich es nie geschafft. Ich habe mich freier gefühlt, besser geredet, schneller gedacht und länger geliebt. Du kennst mich inzwischen, Alex, außerhalb des Studios bin ich eigentlich still und schüchtern, aber innerhalb der Aufnahmeräume habe ich alles unter Kontrolle. Auf Koks habe ich Texte in 10 bis 15 Minuten geschrieben. Ich habe Musik komponiert, indem ich ans Mikrofon getreten bin und sofort alles aufgenommen habe. Um neun Uhr abends bin ich mit Coco und dem Bodyguard im Studio eingetroffen, war ständig high und habe bis zum folgenden Nachmittag durchgearbeitet. Bruce Springsteen hat in der Phase, in der er sich mit seinen Songs beteiligt hat, auf der Couch geschlafen. Die LP *Young Americans* ist auf diese Weise in acht Tagen entstanden. Der Titelsong an einem einzigen Abend. David Sanborn hat das Jazzsaxophon dazu gespielt, Vandross den R&B und Bette Middler hat ab und an im Studio hereingeschaut. Mitten in der Krise habe ich den *Plastic Soul* erfunden. Und als Defries ins Studio kam, habe ich ihm gesagt, er soll sich verpissen. Ich hab ihn hinausgeworfen. Defries war mein zweiter Manager, weißt du? Er hat mich betrogen. Ich musste erkennen, dass ich auf mich allein gestellt war. Das ist eine lange Geschichte, lassen wir das. Aber dann haben die Halluzinationen eingesetzt und 1975 bin ich auf der Bühne zusammengebrochen. Im Publikum haben Andy Warhol, Allen Ginsberg, Johnny Winter und Salvador Dalí auf die Zugabe gewartet. Bette Middler kam hinter die Bühne gerannt, um zu helfen, aber ich hatte nur vergessen zu essen ... Ich habe enorme Gedächtnislücken. Wenn du wirklich mit allem und jedem brechen willst, mit Freunden und Verwandten, dann kann ich nur empfehlen, zu Kokain zu greifen... Schließlich habe ich mit den Drogen aufgehört und zum Alkohol gegriffen. Eine absurde Situation ... Trinken ist die deprimierendste Suchtform, die man sich vorstellen kann. Man stürzt vom Himmel in die Gosse.«

Er schaute übers Meer, sodass Alex sich fragte, ob das hier einstudiert war. Er würde sich doch nie so bereitwillig ausdrücken, wenn er nicht einen Zweck verfolgte! Nämlich den, sie auszuquetschen. Und wenn er alles wüsste? Würde er sie dann feuern? Alex sah sich schon wieder auf den Autobahnen Europas herumirren.

»Wie sind Sie da herausgekommen, Mr. Bowie, wenn ich fragen darf?«

»Ich hatte Freunde. Ich habe mein Leben zwar nur noch nihilistisch betrachtet, meine Stimmungen haben vom Weinen zum hysterischen Lachen geschwankt, ich habe nicht mehr geschlafen und jedem immer mehr misstraut, bis auf Coco, die meine Anweisungen ausgeführt und mich abgeschirmt hat. Aber mit Bette Middler, John Lennon und Mick Jagger habe ich meine Probleme besprochen, insbesondere die geschäftlichen. Ich habe niemandem erzählt, was sie mir geraten hatten, ich habe eigene Pläne gemacht, von denen mein Gegenüber nichts wusste. So habe ich die Oberhand behalten ... Ich schweige immer, wenn etwas Wichtiges passiert, weißt du? So wie du vielleicht ...«

Er betrachtete sie aus den Augenwinkeln, schwenkte seine Pupillen, um sie genauer anzusehen, aber der Versuch, ihr etwas zu entlocken, blieb erfolglos.

Wie ein Heilpraktiker, dachte sie, der auf der Iris alles abliest, was in Körper und Seele vor sich geht. Ob er auch die alte Narbe auf dem rechten Lungenflügel entdeckt? Den verlängerten Magen, der es ihr erlaubte, so viel zu essen, wie sie wollte, ohne dick zu werden? Die Löcher in der Magenschleimhaut, die verhinderten, dass sie viel aß? Ein wenig Ulk und Schalk zog ihre Mundwinkel einen Millimeter höher. Bowie missverstand. Seine Mundwinkel senkten sich. Er dachte, sie triumphiere, mache sich über ihn lustig. Er glaubte, in einen Spiegel seiner selbst zu sehen. Da war das Grinsen, mit dem er auszuweichen pflegte. Alex drehte den Spieß herum. Er fing an, sich dämlich vorzukommen.

»Hast du dich vielleicht vor solchen Gefahren in die Berge verzogen? Hast du Drogen und Sex probiert und …?« »Ja«, sagte Alex plötzlich, »und beides ist enttäuschend und ich habe Angst davor. Mehr habe ich dazu nicht zu sagen. Können wir jetzt das Thema wechseln?«

»Aber dein Verschwinden ist nicht viel besser als Kokain.«

Kokett nahm sie noch einen Schluck aus dem Glas, schenkte ihm Rosé nach und ging in ihre Kabine.

Bowie sah das Glas an. Er war nicht der Mann, der es auf den Tisch geknallt hätte. Er trank einen Schluck, als wäre er nicht beleidigt und schaute übers Meer, bis die bunte Bewegung am Kai seine Augen zu den Zurückkehrenden hinzog. Er erwog, sich in die Kabine zurückzuziehen.

***

Alex trat in die Kabine, zuerst in seine, um sein Badezeug aufzuhängen, dann würde sie in ihre hinübergehen, um ihren Badeanzug… Sie mochte diese einfache Ordnung des Tagesablaufs, zu wissen, was man zu tun hatte… Sie erschrak, als das Telefon spielte. Sie fand es nicht, bis sie dem Song folgte, der statt des Klingelns programmiert war. Es steckte im Jackett vom Vormittag, in der Innentasche, die ein gewitzter Designer extra für Handys eingenäht hatte. Bowie hatte vergessen, es herauszunehmen und mitzunehmen. Zum Lunch in der Mittagssonne hatte er auf eine Jacke verzichtet. Wäre sie mit dem klingenden Telefon an Deck gehastet, wäre es zu spät gewesen.

»Hold on a second, Mr. Burns, please.«

Sie rannte aus der Kabine, warf die Tür mit einem Krach zu, dass das Teak vibrierte, und hetzte die Holztreppe hinauf an Deck. Inzwischen waren die Passagiere zurückgekehrt und hatten sich um Bowie gesammelt. Er stand mit hängenden Armen und der obligatorischen Zigarette in der Mitte und hörte sich die Berichte vom Landausflug an. Alex bahnte sich den Weg mit dem Handy als Berechtigung für ihr Eindringen in den Kreis. Sie überreichte es ihm wie immer, aber anders als sonst trat sie näher an ihn heran, so nahe, dass ihre Lippen seine Haare im Wind berührten, um zu flüstern: »Mr. Terry Burns, Mr. Bowie.«

Ein wenig entglitten seinem Gesicht die Züge. Alex war schon im Begriff, ihm Platz zu schaffen, damit er sich einen Weg durch die Passagiere bahnen konnte, um einen ungestörten Ort aufzusuchen. Er jedoch legte die Hand auf ihre Schulter, als müsse er sich stützen, und dirigierte Alex wie ein Schild vor sich her Richtung Bug. Sie fühlte sich bedrängt, konnte kaum mit den schnellen Schritten mithalten, die Aufmerksamkeit unter den anderen weckten, stachen sie doch von der müden Muße der Fahrt unter den stampfenden Motoren ab.

»Wie klingt er?« raunte Bowie direkt an ihrem Kopf.

»Anwesend, Mr. Bowie.«

»Was?«

»Er klang, als wäre er anwesend, präsent, Mr. Bowie. In dieser Welt, meine ich.«

Er blieb stehen, drehte Alex um und schaute ihr furchtsam und misstrauisch in die Augen. Er hob das Handy ans Ohr, als hätte der Hörer das Gewicht eines altertümlichen Telefons. Noch einen Moment stützte sich Bowie auf ihre Schulter, dann ließ er den Arm fallen und wandte sich um.

»Hello, Terry, how are you? … Du hörst dich gut an heute.«
Alex entfernte sich.

Er kam in ihre Kabine, die er sonst nie betrat. Alex sollte ihr Rückzugsgebiet und ihr Privatleben haben. Doch da er schon einmal die Gelegenheit hatte, sah er sich nach persönlichen Gegenständen um. Und fand keine.

»Alex? Woher weißt du, dass mein Bruder geisteskrank ist?«

Sie verharrte vor der Dusche, in der sie den Badeanzug aufgehängt hatte, senkte den Blick auf die vibrierenden Planken und fragte sich, ob sie sagen sollte, sie wisse nichts.

»Sie haben es in einem Interview erwähnt. Ich habe es zufällig gehört, obwohl ich die Sendung nicht mag. Wie alle Talkshows nicht. Aber manchmal kann man denen ja kaum entgehen, wenn man während des Werbeblocks, der die Filme unterbricht, herumzappt.«

Die Wellen klatschten gegen die Bordwand. Alex fühlte den grünen Blick in ihrem Rücken. Bowies Stimme brach die Wellen und schlug Alex in den Rücken. »Seit wann redest du so ausführlich?«

»Mich regt das auf. Das TV-Programm, meine ich. Millionen Menschen sitzen davor und könnten es zum Lernen und zur bequemen Teilnahme an einer wie auch immer gearteten kulturellen Entwicklung …«

»Alex!«

»Ja, Mr. Bowie?«

»Hast du ein Problem damit, dass ich einen geisteskranken Bruder habe?«

Alex hob die Augenbraue, wie er es zu tun pflegte.

»Aber nein, keineswegs, warum sollte ich? Ich fürchtete nur …«

»Was?«

»*Sie* könnten ein Problem damit haben. Ich nicht.«

Sein Blick ließ sie zurückweichen. Sie stieß mit der nackten Ferse gegen die Schwelle der Dusche und zog den Kopf zwischen die Schultern. Ihre Finger waren in der Faust versteckt, bemerkte er, als er seinen Blick an ihr herabstreifen ließ. Sie ahnte nicht, dass ihre Angst provozierte, ein Loch in die Mauer zu treten und sie womöglich einzureißen, um Alex nackt zu sehen. Vor dieser Naivität wich er zurück. Ahnend, dass vielleicht nur er das tat. Es wunderte ihn nicht, dass Alex bis in eine andere Welt oder mindestens ans Ende derselben flüchten musste, um dieses Gesicht vor Eindringlingen zu schützen, die alles lesen und erfahren konnten und es benutzten, gebrauchten, womöglich missbrauchten. Gewollt oder ungewollt. Bowie wich zurück. Auch wenn er es nie zugeben würde, er kannte seine Macht, die Ausstrahlung, die gepaart mit Egoismus eine Waffe war. Er schämte sich nicht dafür, dass er rücksichtslos seine Interessen verfolgte, sich nahm, was er brauchte, wegwarf, was ihm zur Last wurde, von sich stieß, was ihm auf den Füßen stand und verhinderte, dass er weiterkam. »But if I catch you standing on my toes I'll have a right to shout you down.« Nur so konnte ein sensibler Mensch überleben, sich schützen, seinen Weg machen und zu dem werden, der jetzt und hier stand.

Als er bemerkte, dass er sie seit geraumer Zeit in der Badekabinentür einzwängte, löste er den Blick und drehte sich um, als trüge er einen traurigen Song über einen toten Freund vom Rand der Bühne zurück ins Dunkel der Bauten backstage.

Alex fror, als wehte die Meeresbrise durch das Fenster. Unwillkürlich überprüfte sie, ob es geschlossen war. Die Bettwäsche wäre von den Tropfen feucht geworden, die während der Fahrt heraufgischteten.

Terry war also seine schwächste Stelle, dachte sie. Seit Terrys Krankheit hatte er sich von ihm abgewendet. Aus Schutz vor Schmerz oder aus Angst zu werden wie er? Aus Furcht, er könne eines Tages nicht mehr zwischen Rolle und Realität unterscheiden, hatte er die schizophrene Rolle des Ziggy Stardust aufgegeben.

***

Am letzten Abend bildeten sich wieder zwei Pole an Deck. Die Gesellschaft am breiten Heck, die Crew am spitzen Bug verteilt auf der Reling, im Schneidersitz auf dem Kajütdach und auf den Tampen.

Das Toplicht strahlte vom Mast hinunter und wurde vom Holzlack reflektiert. Rot und grün schimmerten die Begrenzungslichter. Das Wasser ringsumher war eine Bleimasse.

Nachdem Alex mit dem Servieren fertig war, näherte sie sich dem Bug und gesellte sich zur Crew. Das milde Licht zog sie an. Sie freute sich, nicht unter den Laternen am Heck sitzen zu müssen. Längst hatte sie herausgefunden, dass dort keine aufregenderen Themen zur Sprache kamen als hier. Jedenfalls nicht, wenn man nicht daran interessiert war, was ein populärer Name gerade jetzt oder letztes Jahr oder aus irgendeinem Anlass tat oder getan hatte. Alex erfuhr vom Immobilienmarkt in London und Schottland, vom besten Hotel in Singapore, vom besten Golfplatz der Welt, über dessen Rangfolge aber Unstimmigkeit herrschte. Cancún oder Marrakesch? Man sprach über den Stand des Pfundes, die Steuerrichtlinien von Monaco und die Einwanderungsbedingungen der Schweiz. Mick Jagger hatte erklärt, den Ritterschlag im Buckingham Palace nicht entgegennehmen zu können, weil er sich nicht länger als 90 Tage in England, seinem offiziellen Zweitwohnsitz, aufhalten durfte, wenn er der Steuer entgehen wollte. Außerdem hatte er eine Nacht in Paris mit Barbara Stamos durchgetanzt, worauf sie John Stamos angerufen hatte, der gerade am Broadway die Rolle eines Transvestiten spielte, um es ihm zu erzählen und zu versichern, sie tanze nur. John habe darauf geantwortet: »Das macht mir keine Sorgen. Ich bin dreimal jünger als er.«

Jagger flog wieder nach Marrakesch, dem Mekka der Society, nachdem Ibiza abgewirtschaftet und out war. Alex hielt in ihrer Tätigkeit inne und schaute den Chef an, wie um Erlaubnis zu einer Erwiderung zu bitten. »Sie haben alle nicht unwesentlich dazu beigetragen«, lag ihr auf der Zunge, »und out heißt vor allem out of water, zu wenig Wasser für zu viele Menschen, Verödung der Insel und Versiegelung.«

Sie zog sich an den Bug zurück. Niemand von der Crew, weder der Surfer noch der Schiffsjunge noch der Smutje in der öligen Hose, rückten ihr zu nahe. Sie erzählten sich Erlebnisse aus den Häfen und von der See. Die Geschichten waren nicht annähernd so abenteuerlich wie das Seemannsgarn in Büchern. Es ging in der Hauptsache um Handys und darum, dass die Rohlinge in Hongkong auch nicht mehr billiger waren als anderswo. Alex wurde nach den technischen Daten ihres Laptops gefragt und konnte keine Auskunft geben. Sie reichte das Ding herum. Der Surfer nahm es an, als bewiese Alex viel Vertrauen, wenn sie es aus der Hand gab. Doch für Alex lag der Wert nicht in der Hard- oder Software, sondern im gespeicherten Input aus der Software ihres menschlichen Hirns. Für die anderen war dies ein teures Spielzeug, für Alex ein Safe.

»Was ist drin«, fragte der noch nicht erwachsene Schiffsjunge, wobei er einzelne Fäden aus seiner Socke zog. Sein Fuß lag gut erreichbar auf dem Oberschenkel und gab den Händen etwas zu tun.

»Zurzeit eine Geschichte.«

»Was für eine?«

Frei nach Bowies *Hunger City* erfand Alex den Titel *Global City*. Aus *The Year of the Diamond Dogs* wurde *The Century of Sustainable Development. Der Weg in die Zukunft der Menschheit*. Die nachhaltige Entwicklung verhinderte David Bowies Vision von der urbanen Katastrophe nach der Überindustrialisierung. Alex' Geschichte erzählte surreale Bilder von einer Stadt im Nebel. Hinter den Schlieren tauchten Bögen und Ellipsen auf. Bei näherem Hinsehen entpuppten sie sich als ei- und pinguinförmige Häuser. Sie besaßen keine Schornsteine, keine Stromleitungen führten zu ihnen, sie entließen keine Emissionen, sondern nährten sich von Sonne und Wind, Wasserkraft und Erdwärme. Auf diese Stadt konnte Schnee fallen, der liegen blieb. Vor ihr lag ein grüner See, auf dessen Eisfläche die Einwohner Schlittschuh liefen. Einige der Läufer trugen russische Kleider und lange weite Mäntel, als wären sie Tolstois *Krieg und Frieden* entsprungen. Andere trugen das italienische Pendant aus den Zeiten Giacomo Casanovas. Teenager hatten nietenbesetztes Motorradleder an. Ihre orangefarbenen Stehhaare hoben sich vom Schwarz ab.

Doch lange bevor Alex zu dieser Zukunft der Vielfalt, des sozialen und ökologischen Zusammenlebens kam, hob sie die Hand, um die Dimension eines Müllberges zu verdeutlichen. Mit der Hand hob sie den Blick und entdeckte Bowie. Er lehnte am Kajütdach, eine Hand um seine Körpermitte geschlungen. Das Glas in der anderen Hand war gefüllt, also war er nicht auf Nachschub aus. Bowie hob die Hand und öffnete die Finger unterm Glas, um zu bedeuten, Alex sollte fortfahren. Er setzte sich neben sie auf die Tampenschnecke, reichte ihr das Glas und faltete die Beine unter sich. Die Crew sah ihm zu.

»Erzähl weiter«, forderte er Alex noch einmal auf.

»Wo war ich stehengeblieben?«

»Als es spannend wurde«, kritisierte der Smutje. Er ließ sich vom Auftreten Bowies am wenigsten von allen beeindrucken. Er hatte schon alles bekocht, was Rang und Namen hatte, und fand die ganze High Society geckenhaft, aber lukrativ. Bowie kannte er nicht, erwartete jedoch ein exzentrisches Verhalten von ihm. Sein Kommen und Sichsetzen passte nicht ins Bild, aber darüber nachzudenken, lohnte sich nicht.

»Hey, das ist gut«, schrie der Schiffsjunge am Ende der Geschichte.

»Echt, findest du?« Alex leuchtete auf.

»Ja, nicht übel«, ließ sich der Surfer herab zu sagen und spielte an seinem Pferdeschwanz. »Die Liebesgeschichte darin könntest du ausführlicher erzählen.«

Der Smutje steckte sich die Pfeife an. Er rauchte sie nur, um dem Klischee eines echten Seemanns nachzukommen. In Wahrheit war er Smutje geworden, weil er auf Deck nicht zu gebrauchen gewesen war. Zwangsweise entdeckte er sein Kochtalent. Er nickte wie ein alter Seebär und sog an der Pfeife.

Eine Hand legte sich auf Alex' Schulter und das Glas wurde ihr unterm gesenkten Blick entzogen.

»Wir engagieren dich für die nächsten acht Abende«, unterbrach der Surfer, zog sich ein paar lose Haare aus dem Zopf und schickte Alex einen flirtenden Blick zu.

»Au ja«, rief der Schiffsjunge, nur um die überschüssige Energie loszuwerden.

Alex wusste nicht, wo sie hinschauen sollte. Ihre irrenden Augen bemerkten den fünften Mann am Dach der Kajüte. Der Bootseigner. Er wollte loslegen: »David, dein Butler ...«

»Ja, ich weiß«, brachte Bowie ihn zum Schweigen.

Alex stand auf. »Ich gehe unter Deck, falls Sie mich nicht mehr brauchen, Mr. Bowie.«

»Ich komme mit. Hilfst du mir noch ein bisschen?«

Als sie seine Manschetten öffnete, sagte er: »Ich hatte mal eine Freundin, von der man sagte, sie sei als Mann zur Welt gekommen .... Amanda Lear ... Es war schade, dass sie nicht mehr aus ihrem Talent gemacht hat.«

»Sie war Salvador Dalís Freundin«, lenkte Alex um. Darauf hatte er nicht hinaus gewollt.

»Tja, ich war so eitel, dass ich immer die Frauen anderer Künstler begehrte«, konterte er und setzte das teuflische Grinsen auf.

»Bianca Jagger.«

»Das war ein gerechter Tausch. Dafür hatte Mick Jagger Angela Bowie.«

»Wen hat Mick Jagger für Marianne Faithful bekommen?«

Sie zog den Kopf ein, hielt die Augen auf die Manschetten gesenkt und nestelte hektisch herum. Er sah, sie wusste, dass sie zu weit gegangen war. Jetzt war er in der mächtigeren Position. Sie würde sich keine Frechheiten mehr erlauben.

»Warum machst du nicht etwas aus deinen Kenntnissen und Fähigkeiten?«

»Mach ich ja.«

»Als Butler? Und Essayistin im Nebenjob?«

»Hätte ich sonst diese Crew erreicht?«

»Mach dich nicht über mich lustig.«

Alex erschrak.

»Willst du nicht ein paar Leute mehr erreichen?«

»Mir fehlt das Handwerkszeug.«

»Das kann man lernen.«

»Ich versuche es ja, aber ich kann Menschen nicht überzeugen. Und eigentlich habe ich auch gar keine Lust dazu.«

»Was heißt das?«

»Für meinen Ehrgeiz habe ich genug erreicht. Die Gesellschaft hat mich anerkannt, jetzt will ich nur noch Ruhe finden, wandern und …«, setzte sie verschmitzt hinzu, »… schwimmen im Meer.«

»Wie hast du denn die Anerkennung der Gesellschaft erreicht?«

Alex bemerkte erst jetzt, was sie preisgegeben hatte und zögerte. Sie saß in der Falle.

»Ich war Schauspielerin.«

»Du warst *was*?« Er entriss ihr die Ärmel, hielt sie ihr aber gleich wieder hin, um sie bei sich zu halten. »Film oder Theater?«

»Ein Offtheater. Nebenbei hab ich gekellnert wie alle.«

»Und wieso hast du nicht weitergemacht?«

»Ich durfte keine Männerrollen spielen.«

Bowie lachte, dass das Zahnputzglas auf der Spüle vibrierte. »Was hättest du denn gerne für Rollen gespielt? Hamlet?«

»Auch. Und d'Artagnan, Winnetou, Robin Hood, Lawrence von Arabien, Pater Ralph de Bricassart, den Condor, Gouverneure auf Südseeinseln, betrunkene englische Adelige und Dandys. Peter-O'Toole-Rollen, Richard Chamberlain, Robert Redford und vielleicht Pierce-Brosnan-Rollen.«

»Das sind ja Filmrollen! Und Boulevard!«

»Macht doch nichts.«

»Wieso bist du nicht zum Film gegangen?«

Alex hob den Kopf, ohne die Manschette loszulassen. Wenn sie nicht so sehr damit beschäftigt gewesen wäre zu bemerken, wie dünn seine Handgelenke waren, hätte sie ihrer Wortwahl mehr Aufmerksamkeit geschenkt. »Sehen Sie mich an, dann wissen Sie es.«

»Ich sehe dich an und ich weiß es nicht.«

»Der deutsche Film hatte damals, als wir von der Schule gingen, eine Art Funkloch oder Sendepause. Es gab ihn so gut wie gar nicht. Und nur dort spielen Menschen, die aussehen wie du und ich. Ich meine, wie ich und der Durchschnitt der Bevölkerung«, korrigierte sie sich.

Bowie konnte sich eines Grinsens nicht erwehren.

»Und ich war damals ein äußerst hässliches Mädchen, das die Lehrer, wenn sie neu waren, mit einem Jungen verwechselten.«

Bowie legte vor Lachen den Kopf in den Nacken. Freundlicherweise, denn einem allzu nahen Zuhörer platzten sonst die Trommelfelle.

»Mich haben sie eine Elfe genannt. Peinlich, was?« Dann wurde er ernst. »Nun, hässlich bist du nicht mehr. Allerdings ist Hollywood extrem spießig und klischeehaft. Da bekommst du auch keine Männerrollen. Mich wollten sie nicht die Evita Perón spielen lassen.«

Alex kicherte über die Vorstellung, ihn blond und mächtig vor den Mikrofonen eines Rednerpultes singen zu hören. Das Volk liebte ihn und er sang für die Freiheit.

»Aber das kann doch nicht der einzige Grund dafür sein, dass du die Schauspielerei aufgegeben hast.«

»Ich wollte weg von zuhause, raus aus dem Job, der mir meine ganze Konzentration und Identifikation abverlangte, ohne dass ich damit meinen Lebensunterhalt hätte verdienen können. So konnte ich nicht weg von zuhause.«

»Warum wolltest du weg?«

»Um eine Heimat zu finden.«

»Ich denke, die wolltest du verlassen.«

»Das war ein Zuhause, aber keine Heimat.«   73

»Warum nicht?«

»Da waren so wenig Wärme, Schutz und Vertrauen.«

Bowie schwieg eine Weile. Dann sagte er das Harte mit weicher Stimme: »So wie du dich verhältst, wirst du das nie finden.«

»Ich weiß«, sagte sie gelassen.

»Eine Art Künstlerkommune hätte dir gutgetan. Eine Wahlfamilie. Ich habe in London in so einer intellektuellen Gruppe gewohnt. Alle genossen den bohemeartigen Lebensstil und hatten das beruhigende Gefühl, dass dies nur eine Durchgangsphase war. Mein Ziel war es, aussteigen zu können, bevor ich 30 war.«

Das vom Holz der Kabine getönte Licht ließ das eine Auge smaragd-grün glitzern, das andere war ein stiller, starrer, von dunkelgrünen Tannen umgebener Alpensee.

»So was findet sich heute nicht mehr so leicht.«

Bowies Augen verdunkelten sich beide.

»Wie wäre es, wenn ich dich als Geschichtenerzählerin einstellte?«

»So viele fallen mir nicht ein.«

»Wie viele denn?«

»Alle paar Jahre eine.«

»Das ist nicht viel.«

»Eben. Mr. Bowie?«

»Ja?«

Alex konnte sich nicht zwischen dem dunklen Auge und dem, welches sich inzwischen wieder aufhellte, entscheiden.

»Sie können die Hände runternehmen. Die Manschettenknöpfe sind längst offen.«

Er steckte sich die dreißigste Gitanes an diesem Tag an und ließ sich auf die Koje fallen. Alex packte einen Teil der Kleidung ein, um morgen nicht früh aufstehen zu müssen. Sie freute sich über die flexible Arbeitszeit und wollte in ihre Kabine verschwinden.

»Alex? Wieso ausgerechnet Butler?«

Sie blieb in der Tür stehen, hob die Schultern und lachte. »Vielleicht kann ich nicht ganz auf die Schauspielerei verzichten.« Sie wurde ernst. »Kommen Sie damit klar, Mr. Bowie?«

Er überlegte, rauchte und betrachtete sie von der Koje aus. »Damit bin ich sporadisch seit deiner Einstellung beschäftigt.«

Ihre Offenheit brach abrupt ab, sie wartete auf den Schlag.

»Ich schätze, ich sollte dir zugestehen, was ich selbst von der Gesellschaft verlangt habe.«

»Was?«

»Individualisten zu akzeptieren. Wenn dich die Gesellschaft schon anerkannt hat, wäre es ein Armutszeugnis für mich – so heißt das doch, oder? – dich nicht so zu akzeptieren, wie du dich gibst. Da du pflegeleicht bist, fällt das leicht. Schlaf gut.«

Sie hatte den Knauf der Kabinentür schon in der Hand.

»Alex?«

»Mr. Bowie?«

»Ich kann mich gar nicht entscheiden, ob du mir als Mann oder als Frau besser gefällst.«

Alex hielt es für gut, so schnell wie möglich zu verschwinden. Auf ihrem Weg den holzgetäfelten Gang entlang schallte sein Lachen hinter ihr her.

Der Freund

Irgendwann gewöhnten sich die Menschen an alles Neue. Sie gewöhnten sich an Frauen in Männerberufen und Uniformen, an Männer in Frauenkleidern, an die bisexuelle Angela und ihren angeblich bisexuellen, auf jeden Fall aber häufig die Partnerin wechselnden Gatten.

»Bisexuell?«, hatte Bowie erklärt, »Lieber Gott, nein! Eindeutig nein! Das war eine Lüge. Sie verpassten mir dieses Image und es blieb ein paar Jahre an mir kleben. So war ich nie, das ist mir angedichtet worden. Ich habe in meinem ganzen Leben nie etwas Bisexuelles getan, nicht auf der Bühne, nicht auf Schallplatten, noch sonst wo. Eine Menge Leute legen mir Zitate in den Mund. Sie denken sich alles Mögliche aus, das man sagen oder machen soll.«

Nichtsdestotrotz machte Bowie die Glamourzeit in England zur Schwulenzeit. Wie Andy Warhol in den USA. Freddy Mercury und Elton John zogen nach.

An einem kühlen Abend fuhr Alex Bowie nach Montreux auf eine <span></span> der dort seit den Siebzigerjahren seltenen Partys. Früher hatte Freddy Mercury hier gelebt, geliebt, mit seiner Band gearbeitet und gefeiert. Deep Purple hatten vom Balkon ihrer Hotelsuite aus den Brand des Kasinos verfolgt und im Song *Smoke on the Water* erzählt, wie Mick Jagger mit den Rolling Stones am Morgen durch die erkaltete Asche gestakst war. »When it all was over, we had to find another place. But Swiss time was running out, it seemed that we would lose the race.« Kaum jemand kam noch nach Montreux. Mercury war tot, nur Bowie blieb in der Enklave fern der Gesellschaft. Doch er tat es nicht, um schönen Erinnerungen nachzuhängen. Furchtsam schaute er zurück. Nachträglich fürchtete er, was ihm alles hätte zustoßen können. Es grenzte an ein Wunder, dass er überlebt hatte. Aber da war etwas in ihm, dass immer die Oberhand behalten hatte.

Jetzt fühle er sich sicher, sagte er, ließ das elektrische Fenster herunter und ließ sich den Wind durch die Haare wehen, während Alex ihn durch den Abend kutschierte. Er ließ sich gern fahren, legte auch Strecken zurück, für die sich schon ein Helikopterflug gelohnt hätte, obwohl er behauptete, die Flugangst abgelegt zu haben. Begonnen hatte sie auf einem Flug nach Zypern zu Angies Eltern. Geendet hatte sie mit der Scheidung und dem Eintritt in ein normales Leben. Lange Fahrten hatte er mit dem Schiff über den Atlantik, mit dem Trans-Sibirien-Express durch die Sowjetunion und mit dem eigenen Greyhound-Bus quer durch Amerika unternommen. Wie heute in der Limo hatte er hinten im Bus gesessen, die Landschaft an sich vorbeiziehen lassen und Songs geschrieben, während seine Frau vorn mit dem Kind saß.

Auch heute Abend zückte er das Notizbuch. Hielt es auf dem Schoß, drehte den Kopf so, dass die Haare nicht ins Gesicht wehten, und schaute auf den Schattenriss der Bergkämme gegen den rosaroten Himmel. Jede Minute wurde das Grün der Almen dunkler. In den Bergfalten, wo kein Licht mehr hineinfiel, war es längst schwarz. Schwarzes Gras. Obwohl man die weiche Masse unter den Felsen nicht mehr als Gras erkennen konnte. Das Sehen und das Wissen, was Stunden zuvor noch dort gewesen war, mischten sich zum Bild von schwarzen Wiesen. Ebenso wie man wusste, dass der Lac Léman nicht mit Silberfolie überzogen worden war, dass es Wasser war, was dort unten silbern glänzte, weil der Mond kaltes Discolicht darauf reflektierte. Die wenigen Häuser in den Bergen verschwanden. Lichtpunkte signalisierten, wo sie gestanden hatten. Als ob man ein Wanderer wäre, dem sie Hoffnung schenkten, dass er noch eine Unterkunft für die Nacht fände. Für ein unprofessionelles Biwak war es längst zu kalt geworden. Die Schneegrenze sank zusehends, auch wenn sie die 1800-Metermarke noch nicht unterschritten hatte. Im Tal war es warm, solange die Sonne schien. Am Ufer des Lac Léman wurde es nie kalt, blieb stets so warm, dass die Palmen nicht eingingen.

Auf seinen Wunsch begleitete Alex ihren Chef ins Haus der Gastgeber. Man beachtete sie nicht mehr. Sie wurde ein Möbel, das schräg hinter dem Sessel stand, in dem Bowie höflich und kühl saß. Wurde er angesprochen, merkte er auf und verwandelte sich zu solch einer Präsenz, dass er manche Gesprächspartner überforderte. Dann bemühte er sich, etwas davon zurückzunehmen und pendelte sich schließlich bei geduldig, witzig, charmant ein. Besonders gegenüber dem weiblichen Geschlecht. Das ging so lange gut, bis ihn wieder einmal jemand, der ihn kaum kannte, fragte: »David, bist du nun ein Genie oder nicht?«

Augenblicklich warf sich Bowie in den Sessel zurück, hob abwehrend die Hände und grinste unnahbar. »Ich bin kein Genie.«

Der Gesprächspartner merkte weder, wie peinlich er war, noch war er so klug, das Thema zu wechseln. Bowie stand auf und ging. Der andere saß dem leeren Sessel wie einer Betonmauer gegenüber, von der er soeben zurückgeprallt war. Schließlich schaute er in die Runde, jemanden zu finden, der ihn aus der unangenehmen Lage befreite. Ein anderer Herr tätschelte seinen Unterarm. »Wer kann schon beurteilen, ob er ein Genie ist. Hat er alle kulturellen und künstlerischen Informationen und Ideen aufgenommen, gespeichert und weiterentwickelt? Zusammengesetzt zu einem neuen ganzheitlichen Kunstwerk? Oder hat er bloß eine gekonnte Strategie gefunden und den Zeitgeist getroffen? Auf jeden Fall war er uns allen immer um einen Hosenschlag voraus.«

Alex glaubte an kausale Ketten, die jedes Menschen Eigenschaften erklärten, sofern man nur genug Elemente der Kette kannte. Am Anfang war das zerschlagene Auge. Außerdem Terry, der den Intellekt des kleinen Halbbruders gefordert und den Buddhismus gebracht hatte. Und der Gentleman-Vater Jones, der die Pantomime, das Saxophon und Kenneth Pitt akzeptiert und gefördert hatte. Dann Angie, dann viele Künstler und Kunstwerke, die Bowies Geist gefüttert hatten. Und immer der Wille, das Ziel, der Verstand und das Bewusstsein.

»Jedenfalls hat Marc Bolan die Konkurrenz nicht ausgehalten. Der ist doch kaputtgegangen, weil Bowie ihn weiterentwickelt hat«, sprach der stehende Herr und nahm Bowies Platz dem Verunglückten gegenüber ein.

»So leicht bringt sich keiner um. Der muss schon noch was anderes in sich getragen haben.«

»Er hat halt Drogen genommen wie alle, aber zusammengebrochen ist er ausgerechnet, nachdem er Bowie in seiner Show interviewen musste.«

»Dass er überhaupt zum Fernsehen hat gehen müssen, weil er als Musiker keine Chance mehr gehabt hat. Das wird's wohl gewesen sein. Bolans Zeit war einfach rum. Bowies noch lange nicht.«

»Sag ich doch.«

»Aber du musst vorsichtig sein. Journalisten geben ihm nur allzu leichtfertig die Schuld.«

»Hat er deswegen Marcs unehelichen Sohn finanziell unterstützt?«

»Wer weiß das schon. Vielleicht hat man ihm Schuldgefühle eingeredet. Die hat er auch, weil Mark Chapman nicht, wie ursprünglich geplant, ihn erschossen hat, sondern John Lennon. Und auch wegen seines Bruders. Was weiß ich.«

»Was ist mit seinem Bruder?«

»Keine Ahnung.«

Alex verzog das Gesicht, wandte sich ab und sah sich nach Bowie um. Wieder trat sie hinter einen Sessel und bemühte sich, nicht präsent zu sein. Dass sein Glas gefüllt war, darauf achtete sie, denn, so hatte er gesagt, er ertrage solche Partys nicht ohne mindestens fünf Martini-Cocktails. Sie bezähmte die Lust, einmal auszuprobieren, was er mit

»nicht ertragen« meinte. Sie wusste nie, wann das Chamäleon die Farbe wechselte.

Ab und zu beugte sie sich über seine Schulter, wenn eine minimale Bewegung der Hand oder eine leichte Kopfdrehung andeutete, dass er ihr Anweisungen geben wollte. Meistens sah er dabei auf seine Hände, manchmal drehte er den Kopf in ihre Richtung, um zu erfühlen, ob sie nahe genug für ein Wort stand, das sonst niemand hören sollte. Oft trug er ihr auf, an etwas zu denken oder ihn zu erinnern. Sein Kopf war folglich woanders als hier. Oft handelte es sich um Nichtigkeiten. Vielleicht fand er es nur schick, einen aufmerksamen Butler zu besitzen. Sie waren zwei Schauspieler auf der Bühne der Gesellschaft. Sie machten das Leben zur Bühne.

Endlich klingelte das Handy.
»Mr. Bowie, Ihr Sohn. Nehmen Sie das Gespräch an?«
Er nahm ihr den Hörer aus der Hand und ging auf den Balkon. Sie blieb beim Sessel stehen.

Als er zurückkehrte, schaute sie ihm genau so lange in die Augen, wie nötig war, um herauszufinden, ob es etwas Schlimmes gab, ob sie etwas tun sollte, und so lange, wie es sich schickte. Sein Gesicht blieb ausdruckslos. Allenfalls eine leichte Weichheit war hineingelegt.

So verging der Abend. Die Menge vor dem Sessel wurde dichter. Bowie sah zu, als säße er in der Loge eines Theaters, das eine Operette aufführte. Der Geruch nach Parfum und Puder wurde intim. Die Kleider knisterten, wirkten kalt wie die Cocktails. Glatte, nackte Arme ragten aus den Kleidern und Leibern heraus auf den niedrigen Tisch und griffen nach Gläsern. Alex stand still und bewegungslos, der Duft wurde ihr zu eng, die Luft zu warm. Die Dame, mit der Bowie sprach, hatte trockene Achseln. Alex fühlte sich als einziges transpirierendes Wesen.

Jemand griff nach Bowies Glas. Es verschwand in der Menge. Gleich darauf stellte jemand ein Glas an denselben Platz. Alex sah nur Hände und Arme, Gläser und Gesichter, in diesem Geschiebe sah sie nicht, welche Hand zu welchem Glas zu welchem Gesicht gehörte. Ihr Chef griff zum Glas. Alex machte eine schnelle Bewegung über die Lehne, berührte seine Schulter.

Auf der Vernissage eines jungen Künstlers in Dublin war es schon einmal zu einer Verwechslung gekommen. Oder jemand hatte dem Altstar einen Streich gespielt. Bowie hatte sie gebeten, die Nacht bei ihm zu wachen, bis es vorbei war, da er die neuen synthetischen Drogen nicht einschätzen konnte. Damals hatte sie erfahren, wie es klang, wenn er um Hilfe bat.

Sie beugte sich vor und flüsterte, er möge es unberührt hinstellen. Er stellte das Glas auf den Couchtisch. Sie brachte ein frisches zusammen mit Oliven und Nüssen.

Sie spürte, dass Bowie von mehreren Seiten beobachtet wurde. Sie ließ die Augen wandern. Nach 90° in die eine Richtung, zurück 125° in die andere. Dort traf sie auf ein Paar dunkle Augen in einem verlebten Gesicht unter wilden, braunen Haaren. Einer der wenigen Prominenten, die sogar Alex kannte, obwohl sie nur beim Friseur eine Zeitschrift zur Hand nahm. Alex pflegte die Unwissenheit. Wie Unwissende so sind, urteilte sie pauschal. Prominente hätten ein eingefrorenes Lächeln, in ihren Augen spiegelten sich nur Dollarzeichen. Im Obdachlosenasyl in ihrer Heimatstadt hatte sie spannendere Menschen kennengelernt, meinte sie. Man musste aber keine Frauenzeitschrift aufgeschlagen haben, brauchte nie den Fernseher angeschaltet haben, um Mick Jagger zu erkennen. Obwohl er sicher nur ein reicher Macho war, sank sie in seinen moorbraunen Augen in einen totenstillen tiefen Torf und erwartete Menschenleichen samt ihrer Geschichten um sich herum.

Bowie hatte erzählt: 1985 hatte er *Absolute Beginners* gedreht und die Filmmusik eingespielt. Am Ende der Aufnahmen sei Mick Jagger ins Studio gekommen, um gemeinsam mit ihm *Dancing in the Street* aufzunehmen. Die Musiker waren beinahe in die Knie gegangen und hatten vor Ehrfurcht nicht mehr spielen können.

Trotz der Mooraugen fragte sich Alex, ob Bowie mit der angeblichen Verehrung seiner Freunde nicht ein wenig übertrieb. Um seine Fehler gutzumachen, die er ihnen gegenüber beging? Um sein mangelndes Selbstbewusstsein wettzumachen? Oder um seine Anmaßung auszugleichen? Was dasselbe wäre.

Doch auch diese Zeiten waren vorbei. Bowie maß sich nicht mehr mit Mick Jagger und John Lennon. Er war er selbst geworden. Hatte andere Ansprüche als sie. Nicht mehr und nicht weniger, andere. Das war hörbar, das war sichtbar.

Bowie bemerkte Jaggers Blick scheinbar nicht. Jaggers Blick konnte Alex nicht anders, auch wenn sie es lieber getan hätte, als ›begierig‹ nennen. Bowies fließende Bewegungen froren im seltenen Gespräch ab und an ein. Als Jaggers Blick Alex streifte, senkte sie den ihren auf Bowies Schulter. Noch währenddessen stand er von seinem Platz auf, um den einzunehmen, den Roger Taylor neben Bowie gerade freigemacht hatte. Jagger lehnte sich weit zu Bowie herüber, Bowie machte den Eindruck, als wollte er Jagger ausweichen. Jagger zog sein Gesicht aus Bowies Haaren und sah zu ihr hoch. Auch er fragte also, wer das sei, die da hinter ihm stände. Von dem Gespräch bekam sie nichts mit. Nur dass Bowie angeregter wurde, beinahe unruhig. Alex entdeckte eine neue Seite an ihm. Oder war es eine Saite, die Jagger zum Klingen brachte?

Nur wenn es sich um Belanglosigkeiten handelte, waren ihre Stimmen zu hören. »Du hast Britannia Bay verkauft?«

Bowie nickte.

»Ich nehme an, das heißt, du gibst den Vorsitz der medizinischen Stiftung ab?«

»Sicher. Willst du den auch noch übernehmen?«

»Der der pädagogischen reicht mir.«

Die Villa auf Mustique war nach Bowies Vorgaben in balinesischem Stil erbaut worden. Mick Jagger und Jerry Hall gehörte ein in japanischer Art errichtetes Haus in der Nähe.

»Für wie viel hast du an wen verkauft?«

»Zwei Millionen Pfund, an den Verleger Felix Dennis.«

»Haben dir meine Champagnerpartys zu Silvester nicht gefallen? Oder die Familienpartys zu Ostern und Weihnachten?« Jagger lachte ironisch.

»Well, deine Exfrau ist nicht das intelligenteste Modell.«

»Well, you can't always get what you want. Den Konkurrenzkampf hast du gewonnen.«

»Ich konkurriere nicht mit dir. Ich liebe sie.«

»Sei nicht gleich eingeschnappt. Bist du sicher?«

»Sei nicht zynisch.«

»Dann würdest du dich langweilen. Wie mit den anderen hier. Sollen wir gehen?«

Alex konnte nicht verhindern, vor Ärger rot anzulaufen. Wenn sie etwas an der Rockszene hasste, dann den Sexismus. In dem Moment sah Jagger zu ihr hoch. Alex schaute weg.

Auf den ersten Blick mochten sie gegensätzlich wirken, aber Alex erlauschte den gleichen Humor, die gleiche Intelligenz, nur war ihre Bildung unterschiedliche Wege gegangen.

Auch die Rolling Stones waren von ihrem Manager betrogen worden, aber während Bowie noch verzweifelt gewesen war und ihn gebraucht hatte, führte Jagger seine Stones schon 1971 ins Steuerexil und machte sie reich.

Im November 1973 zogen David, Zowie und Angie Bowie in ein dreistöckiges Haus in der Oakley Street in Chelsea. An einer Wohn-83zimmerwand hing ein Bowie-Porträt von George Underwood, dem Mann, der ihm als Junge mit der beringten Faust fast das Auge ausgeschlagen hatte. Ansonsten gab es alles, was ein Musiker brauchte: zwei Klaviere, Gitarren, Saxophone, Synthesizer, Verstärker, drei Fernseher, Stereoanlagen, Hunderte von LPs und Kassetten. Außerdem genug Bücher, um eine kleine Stadtbibliothek zu füllen. Zowie hatte ein eigenes Zimmer und im Schlafzimmer der Bowies stand ein riesiges

Bett, das sie sich eine Zeit lang mit Ava Cherry und einem Mädchen aus Trinidad teilten. Aber das Haus war aus einem anderen Grund wichtig, denn Mick Jagger wohnte in der Nähe und die Freundschaft zwischen den Männern vertiefte sich.

Als die beiden aufstanden, richteten sich alle Blicke auf sie.

»Alex? Mick und ich machen einen Spaziergang am Ufer. Warte am Wagen auf mich.«

Im Wagen war es dunkel. Alex brauchte kein Licht, ihr Gesicht wurde von der Mattscheibe des Laptops beleuchtet. Es war im Zigarettenanzünder eingestöpselt. Wenn eines Tages die Hardware zerbröselte, würde sie ein Solarlaptop kaufen.

Mit dem Essay über Nachhaltigkeit wurde es nichts. Alex fühlte sich wohl und unwohl. Sie war abgestoßen von den Worten der Männer und angezogen von ihrer Ausstrahlung.

Ab und an kam einer der anderen Chauffeure vorbei und wollte ein Gespräch anfangen. Hunde und Laptops, dachte Alex, nichts war besser, wenn man jemanden kennenlernen wollte. Als sie den dritten abgefertigt hatte, legte sie den Computer auf den Beifahrersitz, zog die Motorhaube auf und prüfte den Ölstand.

»Eine filmreife Szene: Eine Frau im Anzug, die Hände auf den Kühlergrill gestützt und sieht versonnen in den Motorraum.« Das war die schwer verständliche Aussprache Jaggers.

»Stimmt was nicht? Mit dem Wagen?«, fragte Bowie, sichtlich unzufrieden mit Jaggers Art, Alex zu begegnen.

»Doch, alles okay, ich hatte beim Tanken vergessen, den Ölstand zu prüfen.«

»Bring uns nach Hause.«

Alex ließ die Motorhaube fallen, drückte sich an den Herren vorbei, von denen der eine so dicht bei ihr stand, dass es schwierig war, seinen Anzug nicht zu berühren. Jaggers Grinsen ignorierte sie. Stattdessen öffnete sie die hinteren Türen.

»Willst du mir deinen Butler nicht vorstellen, Dave?«

»Mick, das ist Alex, Alex, Mick.«

Alex nahm die Hand von der kühlen Türklinke und legte sie in die hingehaltene, heiße Hand Jaggers. Er hielt sie zwar nicht fest, ließ aber auch nicht los. Das gab Alex Zeit zu bemerken, dass sie innen glatt, außen gealtert war.

Im Einsteigen ließ er die Augen nicht von ihr. Alex drückte die Tür ins Schloss. Wie es sich gehörte, klickte es sachte. Sie ging um den Wagen herum, öffnete die Fahrertür und bemerkte, dass sie immer noch beobachtet wurde.

Bowie schien sich der Betrachtung des Lac Léman hinzugeben. Folglich hatte sein Gast nichts Besseres zu tun, als Alex' Manöver zu verfolgen. Wie in einer Fahrprüfung musste sie aus der engen Lücke zwischen einem Jaguar und einem alten Rolls ausparken. Hinter ihr verstellte der zitronengelbe Ferrari Rod Stewarts den Weg. Er musste ihn per Schiff über den Ozean transportiert haben, um die Spritztouren im offenen Wagen über die Serpentinen der Alpen genießen zu können. Der Wagen trug ein kalifornisches Kennzeichen.

Alex Limousine summte über die Bordsteinkante der Ausfahrt und fädelte sich auf der Straße zum Kasino ein. Sie hatte sich eine Fahrtechnik angewöhnt, deren Ziel es war, die Körper der Beifahrer ruhig zu halten und nicht spüren zu lassen, dass sie bremste oder Gas gab. So drosselte sie lange vor den Ampeln die Geschwindigkeit. Wenn sie sich beobachtet fühlte, führte sie die Schulter- und Spiegelblicke so betont aus wie in der Fahrschule. Im Rückspiegel begegneten ihr die wilden Augen. Die Herren schwiegen immer noch.

»Du bist eine sichere Fahrerin, Alex«, lobte Jagger.

Im Rückspiegel sah sie, dass Bowie den Freund erstaunt, dann amüsiert ansah. Er klopfte ihr auf die Schulter. Als er die Hand fortnahm, beugte sich Jagger vor und legte seine dort ab, um ein Gespräch mit ihr anzufangen.

»Magst du schöne Autos, Alex?«

»Leider ja.«

»Wieso leider?«

»Noch lieber mag ich *keine* Autos. Die Berge und Täler wären schöner ohne Straßen. Und die notwendigen Straßen nehmen zu viel Platz weg. Es gibt keinen Ort auf der Welt ohne ihren Anblick, ihr Geräusch und ihren Geruch.«

»Willst du Dave davon überzeugen, den Wagen abzuschaffen?«

»Das ist nicht meine Aufgabe.«

»Würdest du es trotzdem gerne?«

»Nein.«

»Weil du so gerne fährst?«

»Nein. Weil ich keine Alternative anzubieten habe. Wir wohnen zu abseits.«

»Soll er ins Tal ziehen?«

»Sicher nicht.«

»Sehr gesprächig bist du nicht.«

»Das ist nicht meine Aufgabe.«

»Hast du keine Lösung für den Konflikt: Ohne Auto geht's nicht in den Bergen und mit Auto ist auch Shit?«

»Ein Kompromiss: ein Biogas-Auto.«

»Erdgas-Antrieb?«

»Oder Biomasse.«

Jagger ließ sich in den Sitz zurückfallen.

»Na, Dave? Wäre das was?«

»Sicher. Wenn es funktioniert? Erkundige dich, ob das für uns in Frage kommt, Alex.«

»Sehr gern, Mr. Bowie.« Alex überlegte, wo sie die nötigen Informationen über die Alternativen Umbau oder Neukauf und Tankstellen-Infrastruktur herbekam. Zu einem schnöden Autoverkäufer zu gehen, wäre wahrscheinlich zwecklos.

»Halt mal an, Alex.«

Sie drängte den Wagen an die Felsen. Sie befanden sich nicht mehr auf der breiten Talstraße um den Genfer See, sondern stiegen die Serpentinen hinauf. Sie zog die Handbremse so fest sie konnte und schaute gleichzeitig in den Rückspiegel. Bevor sie ihm die Tür öffnen konnte, hatte Bowie die Klinke in der Hand und stieg zum Pinkeln aus. Jaggers Augen trafen die ihren, sie senkte den Kopf.

»Ist er ein guter Arbeitgeber?«

»Sehr.«

»Was heißt das?«

»Ich bin beschäftigt, aber nicht überanstrengt, ich werde fair bezahlt und er lässt mich niemals unnötig stundenlang warten, wie viele andere Chefs von den Chauffeuren, und er ruft mich nie ganz früh morgens oder nachts aus dem Bett. Und er nimmt Anteil, lässt mich menschliche Wärme spüren, ohne, mit Verlaub, aufdringlich zu sein. Beides ist wichtig, wenn man die meiste Zeit des Tages seinem Job nachgeht.«

Jagger verstand den Wink, klopfte ihr auf die Schulter, rutschte auf Bowies Seite herüber, und indem er ebenfalls ausstieg, sagte er: »So was Ähnliches habe ich mir gedacht.«

Alex sah aus dem Fenster. Die beiden lehnten Arm in Arm am Wagen, Bowie rauchte, sie betrachteten die Lichter von Montreux und Vevey. Der See war ein schwarzes Loch, aber die feuchten Felsen traten nahe. Als Bowie die Zigarette wegwarf und sie sich küssten, zwang sich Alex, geradeaus zu sehen.

Angie hatte mehrfach behauptet, die beiden hätten ein Verhältnis miteinander, aber beide hatten dies wiederholt dementiert. Möglicherweise, um sich das Publikum geneigt zu halten, hatte Bowie erst um die Jahrhundertwende im Interview mit einer Schwulenzeitung Jagger als eine Jugendsünde bezeichnet.

Alex parkte die Limousine neben ihrem Auto.

»Wem gehört das denn?«, fragte Jagger und lachte über das Vehikel. Da Alex nur antwortete, wenn sie gefragt wurde, musste Bowie sagen: »Das gehört Alex.«

Indem er sich beim Aussteigen abstützte, legte Jagger für eine Sekunde seine Hand auf ihre. Alex ignorierte sie.

Sie eilte nicht voraus, um den Herren die Haustür aufzuschließen und dann wieder zum Wagen zu gehen, um die Türen zu schließen. Das hatte sie einmal probehalber getan, doch Bowie hatte ihr klargemacht, dass das ekelhaft peinlich war. »Das ist die Grenze. Nimm dir ja keinen Arbeitgeber, der so drauf ist.«

Alex fragte sich, wieso gerade er die Grenzen beurteilen wollte, war aber doch zufrieden. Sie hatte wohlberechnet die Grenzen ausprobiert. Einem weniger starken Charakter hätten Dienstbeflissenheit und Unterwürfigkeit gefallen. Alex wollte weder so sein noch einen Arbeitgeber von schwachem Charakter.

Näherte sie sich dem anderen Pol, überschritt die Grenzen ihrer Rolle und stellte eine gleichberechtigte Diskussionspartnerin dar, setzte Bowie keine Grenzen. Im Gegenteil, er freute sich, wenn sie ihn totargumentierte und überzeugte. Auch das wies auf einen starken Charakter hin. Ihr Chef hatte die Prüfung bestanden. Es war keine Schande, für ihn zu arbeiten.

Sie warf die Wagentür zu, abschließen war hier oben unnötig. Auch umgab das Grundstück ein schmiedeeisernes Jugendstilgitter. Das Tor ließ sich per Code öffnen. Sie ging gemessen mit Blicken über die Berge, den See, das Tal hinter den Herren her und fragte sie drinnen nach ihren Bedürfnissen. Bowie wandte sich an Jagger: »Was willst du trinken?« Der hob die Schultern. Bowie gab Anweisungen. »Bring uns eine Kanne Matetee und eine Flasche Wein auf mein Zimmer, aber lass die Flasche geschlossen.«

Als sie beladen hineinkam, stand Jagger an der Balkontür und aus dem Bad hörte sie Bowie heute zum dritten Mal duschen.

»Soll ich den Tee einschenken?« Sie schaute vom Tisch auf und sah, dass Jagger sie bei ihren Handlungen beobachtete, während er an der Fensterbank lehnte, die Arme, die sich der Jacke entledigt hatten, verschränkt.

»Gib mir bitte eine Tasse.« Alex schenkte ein und brachte sie ihm. Er nahm die Tasse aus ihrer Hand und ließ kein Auge von ihrem Gesicht. Alex sah zur Badezimmertür.

»Wissen Sie, ob ich noch etwas für Mr. Bowie tun kann?«

»Keine Ahnung.«

»Dann lasse ich die Tür auf, wenn er mich noch einmal braucht, soll er einfach rufen.«

»Ich werd's ausrichten.«

Nach einer Weile hörte sie, wie die Tür zu Bowies Schlafzimmer zugezogen wurde. Sie schloss die ihre und zog sich aus.

Wie jede Nacht konnte sie nicht einschlafen, aber ausnahmsweise waren ihre Sinne nicht nach innen gekehrt, sondern die Ohren versuchten unabhängig vom Über-Ich durch Wände zu dringen.

Unter den Felsen

Alex schnupperte und schaute aus dem Fenster. Es war noch tauig, würde aber warm werden. Sie duschte den Schweiß der Nacht ab, zog den Rock an und schlich in die Küche. Sie stellte die Espressomaschine an, wartete auf Druck und Wasserdampf, während sie Milch in die Edelstahlkanne goss. Sie öffnete das Küchenfenster, um zu entscheiden, wo sie fürs Frühstück decken sollte. Winzige feuchte Partikel schwirrten durch die Luft. Sie würden sich auf die teuren Stimmbänder ihrer Schützlinge legen, witzelte Alex mit sich selbst, brachte das Geschirr ins Esszimmer und wackelte mit den Hüften wie der Haushälter in *La Cage aux Folles*. Sie stellte sich vor, sie wäre mit weißer Schürze bekleidet, der Hintern nackt. Sie stellte sich vor, sie würden zusammen alt. Sie drei. Die beiden Männer gingen Hand in Hand über einen Strand in die Abendsonne hinein. Wärme erfüllte Alex, als träfe sie der Sonnenstrahl.

Als sie aus der Vision erwachte, sah sie sich mit dem Tablett in der Hand vor dem Tisch stehen, auf dem ihr Schatten lag. Ich habe zu viele lieblose Ehen gesehen, dachte sie. Als ob es in Homoehen nicht genauso oft kriselt. Aber ich war noch nicht dabei! Kichernd schwang sie das Tablett in die Küche, stupste den Knopf des Kaffeeautomaten, ließ ihn kreischen und hockte sich mit der Tasse Café au Lait in den Fensterrahmen, ständig die Position wechselnd, mal schnitt er in die Pobacke, mal zwischen die Beine, aber so war sie näher an den Wiesen, den Krokussen, den Osterglocken.

»Bon jour, Alex, ça va bien?«

»Oui, ça va.« Die Croissanttüte wurde durchs Fenster gereicht und knisterte. Sie duftete stärker als die Kuhfladen, der Kaffee und der Nebel zusammen. Alex riss sie auf und verschlang das erste noch auf der Fensterbank sitzend. Sie machte einen runden Rücken wie ein Raubtier über der Beute. Erst als sie fertig war und die leere Tasse auf die Spüle stellte, entspannte sie sich mit einem Seufzer und einer Hand auf dem Bauch.

Die Felsen waren nicht zu sehen, lagen im Nebel, aber der Himmel war frei. Sie betete ihn an. »Lieber Gott, ich glaub' zwar nicht an dich, aber du hast mich überzeugt: Es gibt dich doch. Ich habe versucht, ein guter Atheist zu sein, aber … Oder sollte ich das doch alles durch eigene Kraft …? Aber das konnte ich nicht beeinflussen, da musste der Zufall, Schicksal oder du Hand anlegen. Obwohl einer sagte: Alles ist Planung und der Rest ist Glück. Andererseits sagt Schopenhauer, Glück ist Minutensache. Gott ich danke dir, soll ich mir vielleicht selbst danken?«

Sie öffnete die Augen und sprang vom Küchentisch. Und sah Bowie im Türrahmen lehnen. Er hatte vier Hände und zwei Köpfe, aber das war es nicht, was Alex vor Scham weiß werden ließ. Sie nahm sich vor, ihre Selbstgespräche zu unterlassen.

»Es scheint dir gut zu gehen«, sagte einer der Köpfe.

»Was hat sie gesagt?«, fragte der andere.

»Lern Deutsch, dann verstehst du sie.«

»Café, Monsieurs?«

»Warum geht's dir gut, Alex?«

»Schönes Wetter heute, Chef.«

»Ist das alles?«

»Sehr wohl, Sir.«

»Alex?« Sie goss Kaffee ein und hatte Angst.

»Ja, Mr. Bowie?«

»Pack uns bitte etwas zum Picknicken ein. Wir wollen eine Wanderung machen.«

»Was hätten Sie gerne?«

»Wein, Baguette ….eh.«

»Soll ich kaltes Huhn mitgeben?« Alex dachte an Landpartien der Literatur des vorletzten Jahrhunderts.

»Gute Idee.«

»Oliven?«

»Wieso Oliven?«

»Sie hat Geschmack, die Kleine. Oder Kenntnisse, von denen wir nichts ahnen. Oliven sind das Erotischste überhaupt. Frag sie, ob sie mit will, Dave.«

Die Herren sahen sie an, aber Alex reagierte grundsätzlich nur auf direkte Ansprache durch den Chef.

»Willst du, Alex?«

»Das liegt ganz bei Ihnen.«

»Es liegt bei mir, ob ich dich mitnehmen will, das ist meine Entscheidung, aber nicht, ob du willst. Das ist ein Unterschied, Alex.«

»Es ist kein Unterschied, Mr. Bowie, aber ich will nicht spitzfindiger sein als Sie.«

Bowie war nicht mehr unduldsam, wenn Alex keine Interessen nannte, aber im Gegenzug tat Alex dies öfter als zuvor. Sie lächelten sich an, wenn sie sich an ihren Spielchen erfreuten, doch wegen der heutigen Peinlichkeit fiel es Alex noch etwas schwer. Je nachdem, in welcher Sprache sie spielten, bedeutete es entweder für den einen oder den anderen eine größere Herausforderung. Eines Tages würden sie in beiden gleich sein, stellte sich Alex vor.

»Also ich wünsche, dass du mitkommst, um das hier mal abzukürzen«, entschied Jagger, der das Spiel aufmerksam beobachtet, aber nicht verstanden hatte. Alex sah Bowie an, der nickte.

Sie ließ alles liegen und stehen, hetzte sich ab, das Picknick zu bereiten, versuchte, nichts zu vergessen, Schweizer Messer, Pflaster…, sah noch einmal aus dem Fenster, um zu prüfen, ob sie lange oder kurze Hose brauchte, bevor sie es schloss und die Treppe hinaufrannte.

Männeraugen streiften ihre Beine, als sie in Hotpants und Wanderschuhen die Treppe hinuntertrampelte. »Dir fehlt ein Bowiemesser an die Hüfte geschnallt und du bist die Lara Croft der Schweizer Alpen.«

Sie lief einige Schritte hinter den beiden, die Holztreppe hinunter laut, den Kiesweg knirschend, schmatzend über die Asphaltdecke. Die Tannennadeln und das trockene Erdreich des Trekkingpfades verschluckten die Schritte. Blieben die Männer stehen, weil sie beim Laufen auf Wurzeln und Felsen achten mussten und nicht aufschauen durften, blieb auch Alex stehen. Mal waren sie in ihr Gespräch, mal in ihr Schweigen, die Stille und das Bild der Landschaft vertieft und bemerkten sie nicht. An einer Wegbiegung hielten sie an und warteten. Sie nahmen ihr den Rucksack ab und positionierten Alex in die Mitte, denn hier wurde der Weg breit. Sie hatten nicht den schwersten ausgesucht. Alex ging alleine schmalere und steilere. Sie wollten nicht in die Felsen, vielmehr den Schatten des Waldes nutzen. Heiß sprenkelte die Sonne zwischen die Bäume. Die morgenfeuchten Stämme dufteten. Unter den schweren Wanderschuhen knackten die Äste und Zapfen, ab und an mussten sie einen umgestürzten Stamm übersteigen. Sie reichten ihr die Hand zu Hilfe. Davids Hände hätten kleben müssen, so viele Blätter streifte er, ohne sie abzureißen. Manchmal rührte seine Hand an das Moos, das an den Stämmen wuchs.

Alex wuchs, während sie zwischen den Männern ging. Das lag am Fehlen des Rucksacks oder an der Freude, nach Jahren einsamer Wanderungen zwei Wandergefährten an ihrer Seite zu sehen. Dies Vergnügen hatte ihr zuletzt vor 25 Jahren ihr Vater bereitet. Seither vermisste sie es, hatte zwar andere Weggefährten probiert, aber nur wenige fanden Zeit mit Alex zu gehen und die wenigen waren meist ungeeignet. Sie jagten blind durch die Natur, schnatterten, und noch dazu über unpassende Themen. Alex' Ansicht nach konnte man auf einer Wanderung nur über Dinge reden, die die Welt bewegten: die Natur selbst, die Gesellschaft, Wirtschaft und Politik, über Kunst, Essen und die Liebe. Worüber man unmöglich reden konnte, waren die Nachbarn, das Fußballspiel, die Olympiade, die Wäsche und der TÜV.

»Was für einen Dialekt sprechen Sie da miteinander, Gentlemen?«
»Südlondon. Wir sind beide dort aufgewachsen.«
»Sie sprechen überall verschieden, Sir.«

»Ich treffe überall verschiedene Leute, Alex, aber hier die nettesten.«
Er legte einen Arm um sie, sie wand sich unter dem unausgesprochenen Vorwand heraus, einen Blick ins Tal werfen zu wollen. Jagger hielt das Gesicht in den Wind, der ihm die Haare um den Kopf wirbelte. Der Tiger war satt.

Die vier oder fünf Jahre, die Bowie jünger war als Jagger, sah man ihm an. Sein Gesicht war glatter, obwohl der Körper weniger durchtrainiert war. Alex erlaubte sich einen tiefergehenden Blick, wenn sie einen Schritt zurückblieb. Jaggers Hintern war der eines unermüdlichen Joggers. Bowies der des Denkers. Hob sie den Blick zu den Köpfen, reckten sie beide die Gesichter in Sonne, Wind und weite Landschaft. Das Bild erinnerte Alex an die in Felsen gemeißelten Präsidenten von Amerika. Eines Tages würde man auch Bowie ein Denkmal unten am See errichten.

Ohne Rucksack war sie leicht und schnell und bald war sie den beiden weit voraus, aber das bemerkte sie nicht mehr. Sie begehrte nichts, war glücklich, fand alles schön und tauchte in die Natur ein. Alex musste stehenbleiben und schauen. Es gab so viel zu sehen, sie konnte es nicht mit einem Mal aufnehmen. Die Augen irrten durch die Landschaft und sie fürchtete, ihr entginge eine Felsformation, eine Gebirgsfalte, ein Lichtstreif, der einen Baum traf. »Gott ist das schön«, stöhnte sie. Sie drehte sich halb um die eigene Achse und erschrak, als sie der beiden ansichtig wurde. Sie stiegen den Weg herauf und waren schon nahe.

»Du magst die Berge mehr als die See, oder?«

»Im Meer verliert sich der Blick. Die Berge sind standfester, man kann sich an sie lehnen. Sie sind meine besten Freunde.«

»Sind sie nicht etwas hart, kalt und sprachlos?«

»Distanziert und unnahbar, aber ich kann mich ihnen doch nähern, und wenn die Sonne auf die Felsen scheint, werden sie warm und geben die Wärme ab, wenn ich den Körper anlehne. Ich muss mir nur einen Felsvorsprung in der Sonne suchen und mich darunterstellen oder -hocken und ich stelle mir vor, die Hand eines Freundes lege sich auf meine Schulter.«

»David, ich glaube, dein Butler lebt etwas zu isoliert hier oben. Wie kannst du das verantworten?«

»Was soll ich machen? Wenn ich sie entlasse, schläft sie in einem Auto und sucht sich einen anderen Arbeitgeber. Mal dir aus, in was für Fänge sie geraten kann.«

»Gentlemen, wenn ich Sie unterbrechen darf, ich bin kein Kind mehr.«

»Warum benimmst du dich dann wie eines?«

»David! Warum so hart? Bist du in Sorge?« Jaggers Ironie war beißend.

»Sie wechselt die Rollen, ganz wie es ihr beliebt.«

»Kommt mir bekannt vor. Wie amüsant, dass du ein Problem damit hast.«

Bowie erwiderte nichts als ein zerknirschtes Gesicht, Alex senkte den Kopf auf die Tannennadeln, um ihr Grinsen zu verbergen. Das Grinsen verfloss, als sich eine Hand auf ihre schweißnasse Schulter legte. Da sich die Augen auf einen Stein hefteten und auf einen anderen sprangen, wenn sie über den Vorgänger hinweggelaufen war, sah sie nicht, wessen Hand es war. Als sie wagte, die Steine loszulassen und in die Stelle ihrer Schulter zu fühlen, glaubte sie die Geste der Beruhigung und der Freundschaft zu erkennen und versuchte, sich bis möglichst weit ins Innere hinein zu entspannen. Als sie es fast geschafft hatte, wurde die Hand fortgezogen. Wahrscheinlich hatte sie zu lange gebraucht und man hatte angenommen, es sei ihr unangenehm.   35 Sie seufzte. Außen hielt man es für ein Aufatmen.

Nach dieser Aufregung und Anstrengung setzte die Erschöpfung ein. Die Hitze begann sie einzulullen. Das Laub wurde trocken und knisterte, wenn die Fußspitzen, die sie kaum noch vom Boden heben konnte, durch die Blätter stoben. Alex war zurückgefallen. Eidechsen, die sich in der Sonne gewärmt hatten, schreckten auf und liefen die Granitsteine hinauf. Hinter der nächsten Biegung stieß sie auf die

Männer. Im Warten waren sie miteinander beschäftigt. Mick knöpfte David das Hemd auf und verwischte mit der Hand den Schweiß. Bevor sich seine Lippen Davids näherten, drehte der den Kopf in Alex' Richtung und stieß Mick zurück.

»Entschuldigung, ich wollte nicht stören.«

Jagger winkte sie heran.

Bowie ging weiter und fragte: »Ist das unangenehm für dich, Alex?«

Sowohl die Angesprochene als auch Mick sahen ihn an. Was ging den Butler das an?

»Was empfindest du, Alex?«

Am liebsten hätte sie Zeit geschunden mit einer Gegenfrage: »Wobei?« Aber das war zu blöde. »Es ist erotisch.«

»Unsere Ehefrauen sehen das irgendwie anders, was Dave?«

Er ignorierte ihn. »Wie meinst du das?«

»Was heißt, wie meinst du das? Gibt es darunter noch eine Bedeutungsebene?«

»Davie?«

»Hm?«

»Dein Butler ist pervers.«

»Er ist verrückt, aber nicht pervers. Du bist spießig, Sir Michael.«

»Du bist der Spießer von uns beiden, mein Freund.«

Sie gelangten an eine Lichtung, eine Alm mit Blick über das Auge Gottes. In den See musste ein Bach fließen, er war im dichten Buschwerk zu hören, aber nicht zu sehen. Einer nach dem anderen legte sich ins Gras, nicht ohne nach Kuhfladen und Ameisenhaufen geschaut zu haben.

»Sir Michael?«

»Du darfst mich Mick nennen.«

»Das möchte ich nicht, Sir.«

»Wie's beliebt.«

»Darf ich Sie etwas fragen?«

»Sehr wohl, Mylady.«

»Waren Sie niemals sauer auf Mr. Bowie?«

»Oh, nur etwa 200-mal. Wieso?«

»Er hat sich einmal respektlos geäußert.«

»Einmal?«

»Zu seiner Hunky-Dory-Show hat er gesagt: Es gibt wirklich nichts Aufregendes mehr abgesehen von mir und Bolan. Die Beatles waren mal aufregend, genauso wie Mick Jagger, aber man kann nicht fünf Jahre an der Spitze bleiben und immer noch aufregend sein. Irgendwann wird man akzeptiert und die anfängliche Wirkung ist dahin. Aber *ich* bin wirklich aufregend! Und es macht mir Spaß, die Leute zu schockieren. Ich glaube auch, dass die Leute schockiert werden wollen und ich bin alt genug, um mich noch an Mick Jagger erinnern zu können.«

Bowie drehte sich auf den Bauch und steckte das Gesicht ins Gras, das nicht über die jugendlichen Anmaßungen und Unsicherheiten gewachsen war. Jagger dagegen richtete sich aus dem Gras auf, das entgegen Bowies Sätzen nicht über ihn gewachsen war.

»Hast du das auswendig gelernt?«

»Beantworten Sie nun meine Frage oder nicht?«

Jagger ließ sich wieder ins Gras fallen und lachte. »Well, meine Jungs und ich scheinen über 40 Jahre lang aufregend genug geblieben zu sein.«

»Und was sagen *Sie* dazu Mr. Bowie?«

»Muss man mich an den Scheiß erinnern, den ich irgendwann von mir gegeben habe?«

»Entschuldigung.«

»Keine Ursache, aber wenn du mir schon die großen Fehler verzeihst, dann mach bei den kleinen weiter.«

»Sehr wohl. Darf ich noch was fragen?«

»Em…«, meinte der eine.

»Nun ja«, sagte der andere.

»Haben Sie schon immer Enklaven wie diese aufgesucht, in der nicht jeder Ihre Worte auf die Goldwaage legt und mitschreibt, in der Sie geschützt sind vor den Blicken der Öffentlichkeit und in der nur das gegenseitige Gemeint-Sein zählt?«

Beide erhoben sich aus der Horizontale.

»Alex! Du bist aber …«

Jagger lachte, indem er sich in den Ameisenhaufen warf, ohne ihn zu bemerken. »Well, wir haben schon winzigere Enklaven aufgesucht.«

»Was meinen Sie?«, fragte Alex.

»Was meinst du?«, fragte auch Bowie.

»Im Plaza Hotel, in deiner Suite, David, haben wir uns vor den Blicken der Partygäste mit Bette Middler in einen Schrank verzogen, weißt du noch?«

»Es war einfach nicht mehr auszuhalten. Ich wusste nicht mehr wohin. – Und alle sollen eine Stunde lang auf den Schrank gestarrt und ihre simplen, dreckigen Wünsche auf uns übertragen haben. – Du solltest dich mit sinnvolleren Dingen beschäftigen, Alex.«

»Zum Beispiel mit dem Essen, Mr. Bowie?«

Sie tischte auf, Alex schlang etwas abseits sitzend, nur manchmal schauend, ob etwas gebraucht wurde. Bowie und Jagger fütterten sich und steckten sich Oliven in den Mund, genau wie von Alex geplant. Jagger nahm einen Schluck Wein und flößte ihn in seines Freundes Mund, während sich Grashalme in seine Krähenfüße schmiegten.

»Sir Michael?«, rief sie.

»Hmm?«

»Aber es war ja nicht das einzige Mal, dass Mr. Bowie sich so ironisch über Sie geäußert hat. Was sagen Sie dazu, dass er gesagt hat, Sie seien eine Mutterfigur, wie eine Glucke. ›Mick ist kein Gockel… Er ist zweifellos unglaublich sexy und männlich, aber er hat auch was von einer Puffmutter oder einer Madam an sich. Ich finde seine Art, sich den schwarzen Blues an den Busen zu drücken, sehr weiblich und mütterlich. Er ist ein weißer Junge aus Dagenham, der verzweifelt versucht, ein Schwarzer zu sein …‹«

»Sag mal Schätzchen, versuchst du so eine Art Ehekrach zwischen uns zu provozieren?«

»Mitnichten, Sir.«

»Na schön.« Er ließ von seinem Freund ab, der im Gras liegen blieb.

»Kann schon sein, dass ich was Mütterliches an mir habe. Für dich könnte ich Muttergefühle entwickeln, kleine Frau.« Indem er die Brauen hob, wandte er sich zu David. »Und was David betrifft, sollte er sich darüber lieber nicht beschweren, denn immer, wenn er jemanden für ein halbwegs intelligentes Gespräch sucht und jemanden braucht, der ihn nicht nur anglotzt und vergöttert, und jemanden, der ihn aus der Scheiße zieht und Eno nicht greifbar ist, dann landet er bei mir.« Er ließ die eine Braue oben, die andere senkte er und tanzte mimisch. »Und was den Blues betrifft, an dem ich festhalte, so muss ich Rücksicht auf meinen Partner Keith nehmen. Der schreit nämlich schon, wenn ich nur eine Drum-Machine einführen will. Mit anderen Worten, für Weiterentwicklung hat der Gute nicht viel übrig.«

»Streiten Sie sich deswegen so oft?«

»Sag mal, warst du in einer anderen Inkarnation mal *mein* Butler? Woher weißt du das?«

Jagger hatte erwartet, er könnte sich jetzt wieder in die Alm zurücklegen oder sich mit Bowie beschäftigen. Aber Alex war schlimmer als die Ameisen.

»Letztens kam eine Sendung *40 Jahre Rolling Stones* im Fernsehen. Da haben Sie auch gesagt, dass Mr. Bowie gerne Ihre Frauen und Freundinnen übernommen hat.«

»Alex, zügle dich. Es reicht jetzt.«

Hier war also die Grenze.

»Gib ihr Fernsehverbot, David.«

»Das ist Gedankenkontrolle, Mick.«

»Dann gib ihr mehr Arbeit.«

»Mick!«

»Dann füttere sie mit wissenswerten Informationen.«

»Ich bin nicht ihr Kindermädchen. Sie ist mein Butler.«

»Schöner Butler.«

»Gentlemen! Es wird nicht wieder vorkommen.«

»Hey hey, ist ja gut. Sei nicht so empfindlich.« Bowies Stimme schaffte es, in einem einzigen Satz den Bogen vom Ärger bis zur Beruhigung eines Babys zu intonieren.

»Also.« Mick setzte sich endgültig auf, reichte mit einem langen, sehnigen Arm über die Distanz hinweg und zerrte Alex über das Gras zu sich heran in seinen Schneidersitz. Sie ließ es klopfenden Herzens geschehen. Es fühlte sich gut an, aber es sollte nicht sein.

»Keith Richard und ich sind zusammen zur Schule gegangen ...«

Er war in der Vergangenheit, nicht bei ihr, sie beruhigte sich. »In Dagenham?«

»Genau. Wie alle anständigen Schuljungen haben wir uns auf dem Schulhof und auf dem Weg nach Hause geprügelt. Das machen wir jetzt verbal.«

»Das ist wahre Freundschaft«, seufzte Alex.

»Na ja, geht so.«

»Wie in einer alten Ehe.«

»Also mit dem habe ich nun wirklich nichts.«

»Aber mit Eric Clapton.«

»Ich habe nur eine Woche lang bei ihm gewohnt. – David, was machst du an den langen Abenden mit ihr? Entlassen kannst du sie nicht mehr. Sie weiß zu viel.«

Alex hätte jetzt gerne Bowie gefragt: ›Sie haben sich auch geprügelt, nicht wahr?‹ Aber sie wagte es nicht mehr, sich an ihn zu wenden, obwohl er im Grase lag. Vielleicht dachte er im Stillen an ihre Entlassung. Schon gar nicht wollte sie ihm mit der meistgestellten Frage kommen. Er hasste sie, sie wusste es: ›Mr. Bowie, was ist mit Ihren Augen passiert?‹ Sie sollte sich nicht von Jaggers Lockerheit einlullen lassen. Sie konnte falsch sein und Bowie besaß sie nicht. Vor allem sollte sie keinen Wein in der Mittagssonne trinken. Jedenfalls nicht während der Arbeitszeit. Sie hatte sich vergessen. Oder war sie selbst gewesen. Das durfte nicht passieren. Sie entstieg Jaggers Schneidersitz und legte sich abseits in die Weide, nicht ohne das Terrain nach Ameisen und Kuhfladen abgegrast zu haben. Spitzköpfige Pilze wuchsen aus den Fladen, an deren Lieblingsplatz erkannte sie die Halluzinogene. Sie zu pflücken verwarf sie. Ihre Fantasie war ohnehin überspannt. Kokain, ja das wäre ihre Droge. Sie machte wach und gedankenschnell, brachte den Kreislauf hoch, aber sie wusste nur allzu gut, nach drei Tagen solchen Genusses fing sie an, die Wohnung auf den Kopf zu stellen, auf der Suche nach mehr.

Sie suchte Beruhigung bei den Wolkenformationen. Oben musste es windig sein, hier unten bewegte sich kein Blatt. Goethes *Werther*, Max Frisch und Theodor Storm hatten Wolkenformationen beschrieben, meistens war es stürmisch. Alex mochte den Himmel nur im Sommer. Der Winter deprimierte sie. Sie musste in Räumen leben und sehnte sich nach Licht. »Mehr Licht«, soll Goethe auf dem Sterbebett gesagt haben. Das war ihr Lebensmotto. Mehr Licht. Ein Gefühl von Geborgenheit stellte sich ein, jetzt unter der Sonne, neben Menschen, die offenbar Ähnliches genossen wie sie und mit ihr in den Mittagsschlaf auf der Alm fielen.

»Mr. Bowie?« Alex flüsterte. »Ich möchte gerne im Bach baden gehen. Könnten Sie so lange hier warten?«

Er war verschlafen. »Sicher. Fürchtest du dich vor uns?«

»Natürlich nicht «

»Natürlich nicht? Also so schwul sind wir nun auch wieder nicht.« Sie lachten, während Alex aufstand. »Hey, du hast meine Frage nicht beantwortet.«

»Ich mag nicht, dass mich jemand sieht.«

»Ja, das habe ich auch schon verstanden. Aber warum nicht?«

Alex entfernte sich, ohne zu antworten. Sie setzte sich ans Ufer, bekam die Wanderschuhe kaum von den feuchten Füßen, geschweige denn die Socken. Auch die Shorts klebten um die Hüften, sodass sie einen Boogie auf die Alm legen musste, um sie herunterzuziehen. Vorsichtig watete sie über algenbewachsene Steine und setzte sich in die Strömung. Die fadenartigen Algen fühlten sich glitschig und weich unter Fingern und Hintern an, bereiteten aber keinen Ekel, weil das Wasser klar und kalt war. Sie legte sich zurück, ließ es über den Kopf laufen, um den Dunst des Weines herauszuwaschen und fühlte, wie auch die Haare weich und fließend wie die Algen wurden. Steine stachen in die Wirbelsäule. Als Wasser in die Nase strömte, schrak sie auf und prustete. Sie hielt die Nase zu und tauchte ab, streckte den Körper, wölbte den Rücken. Der Bach floss zwischen ihren Brüsten und Schenkeln hindurch wie zwischen vier Inseln. Doch das sahen die vor Kühle und Wonne geschlossenen Augen nicht.

»Du lebst so intensiv, als könnte jeder Tag der letzte sein.« Sie traf die Männer bei den Tannen wieder. Alex drehte sich zum Bach, um zu messen, ob man sie von hier aus hatte sehen können. Bowie reckte die Schultern, dehnte sie nach hinten, ließ sie fallen und trieb zum Abstieg.

***

An diesem Abend stach der weiße Kragen des Hemdes merklich mehr von Alex' rotbraunem Gesicht ab. Den Männern ging es ähnlich. Wenn sich die Krähenfüße glätteten, war es innen heller als außen. Sie pflegten die Muskeln und zogen sich früh zurück. Alex holte Kleinigkeiten nach, die sie heute Morgen liegengelassen hatte. Spät stieg sie die Treppe herauf, wunderte sich, dass sie so lange durchgehalten hatte, aber nach einer sportlichen Leistung wurde sie oft nicht müde. Bowies Zimmertür stand einen Spaltbreit offen. Ein goldener Lichtschein fiel nicht einmal bis in den Flur. Mehr Licht. Raus aus dunklen Räumen. Nicht zufällig liebte sie, liebten Fotografen, liebten alle Menschen das Licht der aufgehenden und der untergehenden Sonne, wenn sie die Welt in Gold färbte. Alex sah in den Lichtschein und erinnerte sich. Der Schein der Kerzen am Adventskranz unter der hohen Decke der uralten Schule, während es draußen im Winter morgendlich dunkel blieb. Sie stand hinter dem Holzstuhl, lernte Adventslieder von der alten Lehrerin. Beim Singen bekam sie Gänsehaut. Sie stellte sich den vor, den sie besingen sollte: Gott.

Auf dem Schulweg, im Sommer, wenn die erste Sonne durch die Blätter des deutschen Waldes sprenkelte und die Haut des Mädchens wärmte, führte sie Gespräche mit Gott.

Sie war isoliert aufgewachsen. Ähnlich wie David Jones, wenn sein Bruder nicht da gewesen war. In Bowies Elternhaus gingen nervenkranke Verwandte der mütterlichen Linie ein und aus, aber man hielt den Jungen fern davon. So wie Alex' Eltern sie ferngehalten hatten. Wovon, das wusste sie nicht. Daraus entsprang eine Sensibilität, eine gesteigerte Sinneswahrnehmung, ursprünglich nur zu dem Zweck, mehr zu erfahren. Mehr erfahren. Es sollte Alex – wie auch David Jones – für immer anhaften.

1959 erklärte David in der Schule, er wolle eines Tages der englische Elvis werden.

Gott hatte gesagt: »Du bist auserwählt.«

Sie fragte: »Warum? Warum ich?«

Gott sagte: »Weil du moralisch gut bist.« Das Wort hatte sie vor einer Stunde gelernt.

Sie sagte: »Okay. Was soll ich tun?«

»Gehe zum Papst und sage ihm, es bedarf keines Stellvertreters Gottes auf Erden. Jeder ist ihm gleich nahe. Verstehst du? Jeder hat einen direkten Draht zu mir. Ihr braucht keine Stellvertreter auf Erden, keine Führer. Ihr seid alle gleich.«

Alex sah Gott ins väterliche Antlitz über der weißen Tunika. »Okay, aber wie komme ich in den Petersdom? Die Schweizergarde wird mich nicht hineinlassen. Was soll ich sagen? Der Papst wird mir kein Wort glauben. Wieso auch? Ich bin doch nur ein kleines Mädchen.«

Aber Gott sprach: »Geh hin Alex, ich werde dir schon helfen. Ich verleihe dir meine Stimme.«

Alex träumte auf dem Schulweg vom Petersdom. Dunkel war er, zu dunkel für Gott, der lieber bei den Pennern auf den Bänken in der Sonne saß. Überall hingen dunkelrote Store und standen goldene Gefäße herum, leer oder mit dunkelrotem Wein gefüllt. Sie kannte den Geschmack vom Wein ihres Vaters.

Wie ein Wunder hatte sie die bunte Schweizergarde passiert. Sie war zwischen den hohen Beinen und weißen Strumpfhosen hindurchgelaufen. Wie konnte man bei dieser Hitze Strumpfhosen tragen? Im

Petersdom war es kühl. Jeder Schritt ihrer Sommersandalen hallte. Wie im Wald. Alles war still und leer, selten kam ein lila Bischof oder ein Mönch in brauner Kutte. Um den Bauch war ein Schiffstampen geschlungen. Niemand beachtete das Kind. Sie gelangte an das Schlafgemach des Papstes und klopfte. »Herein!« Er glaubte, es sei der Diener. Er erschrak angesichts des Mädchens. Sie hatte die Stimme des Herrn. Papst Paul saß auf der Bettkante, eine Schlafmütze auf dem Kopf. Er konnte nicht anders, als dem Kind zuzuhören und Glauben zu schenken. Zum ersten Mal zweifelte er nicht an seinem Glauben. Immer hatte es Selbstzweifel gegeben, ob es nicht die Karriere war, die ihn an Gott glauben ließ. Umso geläuterter und erfreuter war er jetzt. Am nächsten Tag trat er auf den Balkon in die Sonne und erklärte seinem katholischen Volk, er sei nicht der Stellvertreter Gottes auf Erden. Den gebe es nicht, der sei unnötig. Der Glaube sei demokratisch. Oder so ähnlich hatte er sich ausgedrückt.

Jahre später hatte sie das goldene Licht über dem Grand Canyon wiedergetroffen. Die Nachmittagssonne in der totalen Stille kurz vor einem Gewitter. Ein Regenbogen, wie es ihn nur alle fünfzig Jahre einmal zu sehen gab. Sie saß auf der Felskante des Grand Canyon, weit von jeder Menschenseele entfernt, still, so still, dass sie das Nichts hören konnte, so still, dass die Geckos keine Scheu hatten, um sie herumzuhuschen und ein Vogel dicht neben ihrem Knie landete, um bald in die Tiefe und Weite des Canyons zu stürzen und einen Schrei auszustoßen. Er brach sich in der gegenüberliegenden Felswand und hallte zurück. Alex fühlte sich wie eine Ameise. Klein. Ihr Bein schabte über rote, trockene Erde, schürfte kleine Steine. Sie fielen über den Rand des Canyons in die Tiefe und lösten eine Lawine aus. Alex fühlte sich wie Gott. Groß. Niemand war so einsam wie sie. Die Einsamkeit erhob sie. Sie war eins mit der Natur. Gott war in einem Grashalm und Werther begehrte eine Frau, die er niemals bekommen sollte. Die Natur war seine Heimat, sein Vater, sein Bruder. So war sie Alex'. »Das ist das wahre Heimelig, wenn der Mensch so von Herzen fühlt, wie wenig er ist, wie groß der Herr ist«, rief sie den Gotthelf über den Rand des Canyons. Sie war frei von Menschen.

So frei fühlte sie sich weitere Jahre später, wenn sie die Bergautobahn Richtung Montreux hinuntersauste, Musik aus den Fenstern schallte und gegen die Tunnelwände prallte, wenn sie den See im Tal liegen sah. Der Morgennebel wallte, das goldene Licht mühte sich, ihn aufzulösen, den Schleier von der Erde zu heben, damit Alex sie sehen konnte.

Alex überlegte, ob sie die Tür zuziehen sollte. Sie würde die Männer morgen früh wecken, wenn sie aufstand. Um das zu entscheiden, wollte sie nachsehen, ob sie schon schliefen. Sie ging einen Schritt vor und blieb stehen. Sie wusste, dass sie eben *nicht* nachsehen wollte, sondern sehen wollte. Mehr sehen.

Alex stand, starrte auf den goldenen Lichtschein und wog ab, ob das unmoralisch war. Nein, war es nicht. Sie verlagerte ihr Gewicht auf den Fußballen. Unmoralisch nicht, aber unfair. Das war nicht ganz so schlimm. Ein Laut drang aus dem Zimmer. Alex würde ihn sich einprägen wie den Ton eines Ohrwurms. Reizte es sie jetzt noch mehr? Oder bestätigte der Ton, dass sie Unrecht tat? Alex trat auf die Tür zu, den Blick auf den Boden gerichtet, griff die Klinke und zog zu.

Dent de Jaman,
Tage später am frühen Morgen

Alex glaubte, nur kurz geschlafen zu haben. Zerknittert, verlegen und schweißgebadet wachte sie auf. War der Schlafsack zu warm für den Sommer oder lag das am Traum? War sie vom Traum erwacht, in dem sie den Geruch Jaggers erkannte, der sich im Flur zwischen den Schlafräumen hielt, seit er im Haus war, oder war es der Schrei des Adlers, den sie jetzt wieder hörte? So dicht über sich hörte sie ihn nicht unten im Tal, auch nicht auf halber Berghöhe am Haus, allein hier oben, wo sein Schall nicht durch den Berg gehemmt wurde, hier oben, wo der Adler wohnte.

Sie kroch aus dem Zelt und schaute in die Welt. Sie versuchte, sich zu ihrer vollen Größe aufzurichten. Sie sah sich nach Hilfe um und sah den Bach. Ausziehen, eintauchen. Die Haut erschrak, danach das Herz. Sogleich verlangte es mehr Sauerstoff und Alex hätte gar nichts gegen das heftige Einatmen tun können. Quellwasser. Sie hätte dem blinden Herzen vorher Bescheid geben sollen. Danach funktionierte das Aufrichten und das Herz jubilierte, falls Herzen dessen fähig waren. Zum Trocknen erstieg sie barfuß einen Felsen und dachte an eine deutsche Touristin, die in Bikini und Stöckelschuhen einen Gletscher zu besteigen versucht hatte.

Höher ging es nicht und freier auch nicht. Würde sie jetzt springen, fiele sie frei. Sie breitete die Arme aus und stieß einen Schrei aus. Erstaunt ihre Stimme zu hören, schwieg sie. Sie zog sich an, frühstückte, lud sich alles verpackt auf den Rücken, ließ sich beim Abstieg in die Knie fallen und fand heraus, was die Metapher »Sonne trinken« meinte. Vielleicht konnte sie sogar die »Milch der Frühe«…? Nein, das ging nicht. Die Luft war zu leicht, nicht schleimig, am wenigsten weiß, vielmehr rein wie ein Brillant. Sie stieß den zweiten Schrei aus.

Zur gleichen Zeit setzten sich Jagger und Bowie zum Frühstück auf die Granitterrasse an den Tisch, in ihren Händen die Tassen Café au Lait. Das Echo unterbrach das Summen der Bienen und Wespen, das Zirpen der Zikaden und das Läuten der Kuh- und der Kirchenglocken. Nach dem zweiten Echo stellte Bowie die Tasse ab und richtete die Ohren aus. Wegen der Felswände rundherum ließ sich die Quelle des Rufes nicht ausmachen. Es hatte geklungen wie ein Tarzanschrei. »Ein übermütiger Försterlehrling. So einer, der die Alpen sauber hält. In der Erhabenheit der morgendlichen Stimmung sind ihm die jugendlichen Gefühle durchgegangen. Jungs sind so leicht erregbar. Kein Wunder, wenn sie angesichts einer Wanderung auf den Gipfel, wo sie über ihr Land schauen, die Einsamkeit und die Macht der Berge spüren, ins Schwitzen geraten und sich etwas in ihnen regt.«

»Ich beneide sie um die sinnlose Hoffnung auf das, was das Leben noch bringt.«

»Jedes Lebensalter hat seine Reize.«

Alex erschien verschwitzt, dreckig, ausgezehrt, die Knie waren zerschunden. Das Blond der Haare war gelb verblichen. David stand auf der Veranda, als ihre steifen Beine, möglichst ohne die verkrusteten Wunden zu dehnen, hinaufstiegen. »My Lord, Alex, was hast du gemacht?«

»Mich leicht verstiegen, wollte eine Abkürzung gehen und schon war ich in den Felsen. Ich weiß nicht. Es ging immer besser rauf als runter. Dann musste ich etwas klettern, um wieder herunterzukommen. Und ich dachte, ich beeile mich, bevor mir das Essen ausgeht, und das Wetter sah auch gar nicht gut aus. Zuletzt musste ich springen.«

»Brauchst du Hilfe?«

»Nein.«

»Hast du Tarzan getroffen?«

Alex schaute überrascht.

»Na, den Rufer.«

»Nein. Hat man das bis hierher gehört?«

»Also hast du ihn gehört. Es muss wohl von gegenüber gekommen sein, wenn du ihn nicht gesehen hast.«

»Glaub ich nicht.«

»Dann ist es an der gegenüberliegenden Wand abgeprallt.«

»*Über* den See und wieder zurück? Das ist zu weit.«

Bowie fing an zu grinsen. »Starke Stimme.«

Alex stieg die Treppe vollends herauf und wollte vorbei ins Haus.

»*Du* warst das, stimmt's?«

Alex schüttelte den Kopf.

»Ist das deine erste Lüge?«

»Ich lüge nie.« Sie hob den Blick zu den Felsen hinterm Haus. »Wahnsinn! Vielleicht lebt sie ja doch. Die Natur. Wenn sie Arme hätte, würde sie manchmal einen von uns in den Arm nehmen. Wenn wir nicht den Sinn für die Natur verloren, wenn wir nicht unsere Einheit mit der Natur verloren hätten, würden wir es fühlen, auch ohne Arme.«

Die Männer starrten sie an. Sie wollte ins Haus, aber Bowie hielt sie am Handgelenk. »Setz dich.«

Alex sah an sich herunter. Seit dem Griff um ihre Hüften und der Hand auf ihrer Schulter war dies seine dritte Berührung. »Ich muss duschen.«

»Vergiss es.«

Sie sah zu Jagger. »Forget it.« Er zog ihr den Stuhl heran. »Willst du Kaffee?« Jagger schob ihr seine volle Tasse hin.

»Oh ja, gern.« Es klang ausgebrannt, eine Süchtige nach Koffein, eine Irrende zurück in der Zivilisation. »Aber ich kann mir eine Tasse holen.«

Jagger drückte sie auf den Stuhl. »Hör dem Boss zu.«

»Alex, was du treibst, ist ganz schön gefährlich.«

Das fand Alex doppeldeutig.

»Du solltest nicht allein in die Berge gehen. Nicht so lange. Schon gar nicht über Nacht.«

Alex schaute ihn an und verkniff sich das Grinsen.

»Die Einsamkeit ist berauschend und dieses feeling, allein auf dem Gipfel und Gott oder die Welt sieht dir zu … Du kannst das mal machen, aber wie alle Drogen in Maßen genießen.«

»Sie kennen das?«

Er schwieg, aber es schien, als öffne er seinen Blick und ließ Alex zumindest in das hellere der beiden Augen eindringen.

»Sie meinen, ich klinge wie eine potentielle Selbstmörderin?«

»Ich war genauso. Ich habe meine Grenzen getestet, ich bin bis an den Abgrund gegangen, aber nie darüber hinaus.«

Viele waren tot. David Bowie hat überlebt.

»Waren Sie nicht etwas jünger … in dieser Phase.«

»Kann sein.«

»Sehen Sie? Ich *war* in Gefahr.« Damals waren Sie leider nicht da, um mich zu warnen oder zu retten, hätte sie beinahe hinzugesetzt.

»Und jetzt brauchst du niemanden mehr, wolltest du sagen?« Er lehnte dicht vor Alex am Geländer und verschränkte die Arme. Alex setzte schon zum Nicken an, als er hinzufügte: »Ich soll mich nicht einmischen.«

Sie konnte sich nicht entscheiden, ob sie nicken oder den Kopf schütteln wollte. Aber konnte sie zugeben, dass er sich einmischen sollte?

»Du könntest uns mitnehmen.«

»Gern. Sie dürfen nur nicht mitkommen, weil Sie glauben, Sie müssten mich vor mir selbst beschützen. Wenn, dann kommen Sie mit, wenn Sie Lust dazu haben.« Gut gesagt, fand sie.

»Wieso sollten wir meinen, dich schützen zu müssen?«

Als er merkte, dass sie diesmal nicht mit einer Spielerei antwortete, knickte die knochige Hüfte ein und er kreuzte die Beine. Dass er auf ein Standbein verzichtete, signalisierte die Aufgabe von Macht und

Männlichkeit. »Wahrscheinlich war es das, was ich wollte. Ich hätte auch gerne die Nacht oben im Zelt verbracht.«

»War Ihre nicht gut?«, grinste Alex kokett. Sie war wieder auf der Höhe, vielleicht ein wenig zu hoch.

»Deine war jedenfalls kälter«, schlug er zurück. »Die Schneegrenze soll auf Einsfünf heruntergekommen sein.«

Mit der Schneegrenze sank ihre Energie. Nachts war sie aufgeregt, um nicht zu sagen erregt, morgens kam sie immer schlechter aus dem Bett. Einer der Männer fand sie öfter nachts in der Küche oder auf der Veranda oder von einem Bad im Bergbach kommend.

»Was ist los mit dir, Alex?«

»Wieso?«

»Mein Gott«, stöhnte Bowie. »Ich weiß gar nicht, wo ich anfangen soll. Was suchst du da draußen alleine? Warum bist du nervös und unausgeschlafen? Du hast eine merkwürdige Art, dich zu berauschen. In Gesellschaft würdest du es wahrscheinlich mit Drogen probieren.«

Alex sagte nichts, dachte nur dran, dass ein Gramm Kokain in der frischen Luft der Berge, so einmal im Jahr nur, ganz nett wäre. Und jetzt, nach dieser Wanderung hatte sie besonders Lust darauf.

»Well«, gab sich Bowie geschlagen, »deine Unwilligkeit dich anzu-passen ist zu respektieren, aber das ist kein Grund, die Gesundheit aufs Spiel zu setzen. Wenn du nicht bereit bist, deinen individuellen Lebensstil aufzugeben, dann musst du ihn aber auf ein gewisses Maß beschränken.«

»Wie du, David?« redete Mick plötzlich dazwischen und war nicht aufzuhalten. »Ein stinkbürgerliches Leben führen mit Ausbrüchen ab und zu, wenn du gewisse Mängel nicht mehr aushältst?«

Bowie war überrascht. »*Dein* Lebensstil, mein Lieber, ist weniger gesund und mindestens ebenso unbefriedigend wie meiner.«

Jetzt hatte Alex die Antwort auf die Frage, wieso die beiden nicht immer zusammenlebten. Die Pause dauerte ihr zu lang, sie litt unter dem Konflikt zwischen den beiden, die nichts weiter sagten, sich nur anblickten wie zwei Gamsböcke, kurz bevor sie die Hörner aufeinanderkrachen ließen. Dies war sicher nicht die erste Auseinandersetzung über die gegensätzliche Entscheidung, wie die letzten Jahrzehnte des Lebens zu gestalten wären. Alex zog freiwillig die Aufmerksamkeit auf sich, um die Spannung aus der Situation zu nehmen. »Wo liegt das Maß?«

Bowie musste sich erst erwärmen, um den festgefrorenen Blick von Mick zu lösen und sich auf Alex zu konzentrieren.

»Zum Beispiel keine Extremklettereien und nachts schlafen.«

»Ich klettere ja nicht freiwillig extrem und schlafen kann ich nicht.«

»Dann nimm uns mit und was das Schlafen angeht, geh zu Dr. Martin. Er soll dir aber nicht einfach irgendein Mittel verpassen, sondern dich durchchecken.«

»Oh, welch besorgter Arbeitgeber!«

Alex zog den Kopf ein. Die beiden schafften es nicht nur auf der Bühne, eine ungeheure Spannung entstehen zu lassen.

»Red nicht so tuntig. Als alter Mann solltest du ein bisschen Verantwortungsgefühl Jüngeren gegenüber zeigen.«

»Ich werde mich kümmern«, antwortete Mick scheinbar ernst.

»Deine Art von Kümmern kennen wir! Sie ist für die Psyche deiner Schützlinge nicht förderlich!«

Plötzlich hob Mick den Kopf und verengte den Blick. »Vielleicht mach ich das ja nur, weil mein Freund mich verleugnet, wenn er nicht gerade dringend einen echten Freund braucht, und ich mir nicht sicher sein darf, dass er da ist, wenn ich mal krepiere. Findest du es nicht eine ziemliche Horrorvorstellung, unter Leuten zu krepieren, die einen zwar beweinen, aber am nächsten Morgen nichts Besseres zu tun haben, als daraus Schlagzeilen zu machen? Vielleicht renne ich ja davor weg, indem ich reihenweise kleine Mädchen fresse.«

Der Wind wehte Micks Haare in die Gesichtsfalten und bewegte Davids Strähnen. Das war das Einzige, was sich auf der Granitterrasse bewegte. Micks Blick hatte sich nicht verändert. Davids dagegen sehr. Er sah aus, als denke er: »That's not the man I used to know.« Das war nicht der Mann, den er kannte. Alex schloss daraus, dass das Gesagte unerwartet für ihn war. Er machte nicht den Versuch, etwas zu erwidern. Mick stand auf und ging ins Haus. Am Tag darauf reiste er ab.

***

Freddy Mercury war in der Pop-Pose eingefroren. Alex saß ihm gegenüber auf dem Geländer. Unter ihr roch der See und Diamanten fielen aus dem Rucksack durch das Gitter ins dunkle Wasser. Alex stürzte ihm entgegen. Das eiserne Geländer schmerzte in den Kniekehlen. Ihr Kopf hing über dem Wasser, die Haarspitzen berührten es. Lederjacke und Pullover wären in den See gerutscht, hielten die Achseln sie nicht auf. Der Wind streichelte Bauch und Nieren. Sie spannte die Muskeln an und stemmte sich hoch.

Bowie stand bei seinem Freund. Er lehnte am Denkmal. Da er Alex nicht mehr erschrecken und gefährden konnte, stieß er sich ab, trat auf das Gitter und setzte Fuß vor Fuß über den Laufsteg. Er stieß sie zurück, nicht ohne ihre Knie auf dem Geländer zu sichern. Ihre Beine zitterten. Seine Hand fasste in ihren Rücken und drückte sie hoch.

»Jetzt ist mir schwindelig. Danke.«

»War mir ein Vergnügen. Was hat Martin gesagt?«

»Dass ich gesund bin.«

»Und deine Unruhe?«

»Ich soll ich selbst werden.«

»Welch originelle Diagnose! Das hätte ich auch ohne Medizinstudium leisten können.«

»Sie hätten Arzt werden können.«

»Ich war Vorsitzender der medizinischen Stiftung auf Mustique.«

»Wie beeindruckend.«

»Sei nicht so zynisch.«

»Entschuldigung.«

»War nicht ernst gemeint.«

»Man weiß nie, was Sie ernst meinen.«

»Ich weiß.«

Darauf wusste Alex nichts zu sagen. Folglich wartete sie.

»Na, dann mal los.«

Alex hob den Rucksack auf, sie schlenderten die Promenade entlang. Bowie hielt das Gesicht in die Sonne, Alex atmete dreimal tief ein und aus. »Mr. Bowie?«

»Alex?«

»Ihre Musik ist oft kopiert worden. Manchmal von so hervorragenden Musikern wie Falco aus Österreich einer war. Hätten Sie was dagegen, wenn ich mich inhaltlich inspirieren ließe?«

»Du warst doch so sauer auf mich wegen der Textschnipselei und dem sinnlosen Gesangsgeschwätz.«

»Ja, aber ich will Ihre surreale urbane Katastrophe und Ihre überindustrialisierte Gesellschaft weiterentwickeln zu einer positiven Zukunftsvision von *Hunger City* zu *Solar City*, vom Genozid zur Evolution, von den Diamond-Dogs-Mutanten zu … zu …«

»Menschen? Zur neuen Menschlichkeit?«

»Genau.« Sie atmete aus.

Bowie blieb stehen, wandte sich Alex frontal zu und setzte die Sonnenbrille ab. Das verleitete Passanten dazu, stehen zu bleiben. Er setzte sie wieder auf, legte die Hand in Alex' Rücken und schob sie weiter.

»*Das* willst du von mir?«

»Ist das in Ordnung?«

»Das ist besser als in Ordnung. Es rührt mich.«

Die Hand auf ihrem Rücken strich auf die Schulter ihrer Lederjacke und zog Alex gegen seine Seite. Ihre Mauer bekam einen Riss bis zum Betonsockel. Sie fühlte, wie heiß die Sonne hier unten im Tal auf Jacke und Jeans brannte. Sie fürchtete, eine Flamme könnte sich entzünden und sie verbrennen, sah vor dem inneren Auge, wie sich Löcher in der Jeans auftaten und die Haut bloßlegten. Hätte sie sich dazu nicht aus seinem Griff lösen müssen, wäre sie in den See gesprungen. Sie wollte die Hand genießen, solange sie sie hielt.

»Okay, lass uns zusammenarbeiten«, sagte er.

Auf dem Bistrotisch standen zwei leere Schalen Café au Lait, in denen die Milchschaumreste trockneten, zwei leere Gläser Wein, zwischen ihnen eine leere Schachtel Gitanes auf Papierschnipseln, die mit krakeligen Versen beschriftet waren, und eine volle Schachtel unter der Sonnenbrille. Sie stritten, und Alex' Stimme klang gequetscht vor Wut und unterdrückten Tränen.

Er lachte auf. »Du hast Biss.«

»Ich hab nichts.«

»Geduld, meine Liebe.«

»Wieso mach ich das?«

»Mach weiter so.«

»Wie denn?«

»Weiß ich noch nicht.«

Sie traten den Aufstieg nach Hause zu Fuß an. Stundenlang wanderten sie schweigsam. Sie versuchten, statt der Serpentinen, wo sie ermüdenden Asphalt treten mussten, eine Abkürzung steil bergauf durch den Wald zu nehmen. Aber die Wegschneise hatte sich nach dem Regen in einen Bach verwandelt. Also erklommen sie wieder die Straße.

»Ich mag dich. Es macht Spaß, mit dir zu arbeiten und zu reden. Du erfrischst und erwärmst das Haus. Kann ich sonst noch irgendwas für dich tun?«

»Nein, nichts.«

Wieso dachte er jetzt an seine Jungendfreundin Natasha Korniloff, die vor vielen Jahren über ihn gesagt hatte: »Er macht sich nicht das Geringste aus Besitz, stellt keine hohen Ansprüche. Entweder ist er hungrig oder müde oder er friert, und dann kann man seine Bedürfnisse sehr schnell stillen. Man legt ihm einen Mantel um die Schultern oder man kocht ihm etwas, von dem er dann vielleicht ein bisschen isst. Oder man baut ihm ein kleines Nest, in dem er schlafen kann. Dann ist er absolut glücklich und zufrieden. Und dann wacht er auf und verschwindet.«

Sie ist, wie ich war, dachte er, und es war ihm unangenehm und reizvoll zugleich. Er setzte sich auf einen umgestürzten Stamm, ergriff ihre Hand und zog sie neben sich.

»Du schätzt ja *mich*.« Sein Blick war in den regennassen Wald gerichtet. Es roch durchdringend nach Tannenharz und Teer.

»David Robert Jones«, sagte sie und sah von seinem Gesicht fort, damit es ihm und ihr nicht peinlich wäre.

»Wieso verstehst du?«

»Ein paar Tage kenne ich Sie ja schon.«

»Das tun andere auch.«

»Ja? Lassen Sie sich kennenlernen? Haben Sie mal daran gedacht, dass Sie selber schuld sind? Ich verstehe ja Ihre Vorsicht, aber ab und zu müssen Sie vielleicht mal die Unnahbarkeit aufbrechen, sonst können Sie sich auch nicht beschweren, wenn Ihre Freunde...«, sie knetete an diesem peinlichen Thema herum. »... nichts als Ihre Rolle lieben.«

»Großes Risiko.«

»Macht so verletzlich, nicht wahr?« Die gleiche Ironie wie seine. Unverschämtheit. Er lächelte. »Du gehst das Risiko ja selbst nicht ein.«

Ein Tropfen fiel von einer Tanne auf ihre Wange und ließ Alex blinzeln. Bowie wischte ihn fort.

»Du bist mindestens so unnahbar wie ich.«

»Unsinn.«

»Sonst fällt dir nichts dazu ein? Warum bist du so distanziert? Von mir weiß ich das wenigstens. Sie wollen meine Rolle. Alles andere können sie auch von jedem anderen haben. Aber niemand will *deine* Rolle. Jeder will wissen, wer du wirklich bist.«

»Das will jeder auch von Ihnen wissen.«

»Meine Güte, Alex, was soll ich machen? Alle anschreien: Liebt mich, aber garantiert nicht meinen Ruhm?«

»Jedenfalls die, die Ihnen nahestehen. Den anderen schreiben Sie einen Song darüber.« Sie lachten.

»Genau das wollen sie. Virtuelle Figuren ohne hässliches allzu Menschliches.«

»Klar, die schmutzen nicht so.«

»Was?«

»Menschen schmutzen so.«

Er lachte, dass es aus dem Wald zurückschallte. Dann wurde er ernst. »Ist es das, wovor du Angst hast? Dass du ein schmutziger, hässlicher Mensch bist?«

»Mr. Bowie, es wird doch noch ein paar andere geben, die Sie meinen, oder?«

»Sicher, zwei sind tot, bleibt Mick Jagger. Übrigens nur Männer. Du fällst wie immer aus der Reihe. Rolle kann man ja nicht sagen, right?«

Sie sah ihn groß an.

»Du musst nicht gleich vor Mitleid zerfließen, Alex. Der Preis ist wahrscheinlich fair.«

Sie legte ihre Hand auf sein Knie, so, wie man es mit alten Männern tat. »Sie denken in Klischees.«

»Ich bin froh, dass du das nicht tust. Danke.« Er nahm sie in den Arm. »Und hör endlich auf mich zu Siezen. Hast du ein Problem?«

»Ja.«

»Welches?«

»Zu viel Respekt.«

»Das ist ein Grund, aber kein Hindernis. Ich habe auch sehr viel Respekt vor dir, gerade deswegen will ich unser Verhältnis – etwas symmetrischer gestalten.«

»Meine Fresse, Sie, du kennst Wörter!«

116   Alex servierte Wein. David saß kerzengerade am Tisch. Er legte den Federhalter hin, mit dem er Noten notiert hatte, und griff stattdessen zum Kreuz an der Brust. Es schimmerte im Kerzenlicht, als er es über die gefalteten Hände legte. Gott war Geist für ihn. Er brauchte ihn als Halt und Orientierung wie andere auch, aber in ihm selbst, um sich zuzutrauen, zu sein und zu tun, was er war und tat. Immer aufs Neue.

Der junge verunsicherte Jones war beinahe buddhistischer Mönch geworden, bevor er Gott in sich gefunden und gewagt hatte, in die

Öffentlichkeit anstatt ins Kloster zu gehen. Das Kruzifix trug er in der ursprünglichen Bedeutung. Die Horizontale meinte die Erde, die Vertikale den Himmel. Von diesem fiel sein Geist plötzlich wieder aufs Papier, auf das Holz, auf die Erde und inkarnierte hier. Er ließ das Kreuz fallen, griff erneut zum Federhalter und die langen Finger flitzten über das Weiß des Himmels, dem er seinen Namen, seine Noten einschrieb.

Das Kerzenlicht auf dem Esstisch formte dunkle Schatten unter seinen Nägeln. Vor dem Panoramafenster donnerte ein Berggewitter. Es war eisig draußen. In Deutschland würde so etwas zu grauenhaften Unfällen führen. In der Schweiz kannte man sich damit aus. Man passte den Fahrstil dem Klima an. Wenn es blitzte, wurden die Felsen gegenüber in Silberfolie verpackt. Alex lauschte dem Regen, der über die Dachtraufe floss wie ein Wasserfall im Tessin. – Und dachte an Max Frischs *Der Mensch erscheint im Holozän*. Es gab nichts Originelles mehr zu denken.

»Hast du schon gegessen, Alex?«

»Nein, ich esse später.«

»Hast du keinen Hunger?«

»So langsam.«

»Hol dir einen Teller. Und bring ein Glas mit.«

Er tat ihr den Schenkel vom Huhn auf statt der Brust, weil sie so mager war wie er in ihrem Alter, und goss ihr Wein ein. Sie aßen, während er das Blatt Papier überflog.

»Mr. Bowie, David?«

»Ja?«

»Du klaust mir nicht zufällig meine Idee, oder?«, fragte sie künstlich grinsend.

Statt eines Lachens legte er das Besteck auf den Teller. Einen Moment schien es, als wollte er aufstehen und den Raum verlassen, wie er es früher getan hätte. Die Grüntöne seiner Augen changierten im Kerzenlicht, während die vergrößerte schwarze Pupille matt blieb und das Licht ungerührt aufsaugte.

»Nein. Ausnahmsweise stehle ich nicht. Nicht von solchen, die noch nichts auf den Markt gebracht haben. Nichts von denen, die sich nicht wehren können, und nichts von meiner eigenen Schülerin.«

Alex zog den Kopf zwischen die Schultern und glättete die Falten auf der weißen Tischdecke, obwohl er die Schuldgefühle vielleicht berechnet hervorgerufen hatte.

Er schob ihr den Block über den Tisch, sodass sich die Decke verschob. »Ich wollte es dir gerade zeigen. Was hältst du davon?«

Alex las über den Teller hinweg.

»Es ist gekonnt, künstlerisch, aber es fehlt die Leidenschaft wie früher. Aber das ist heutzutage bei aller Literatur, Musik und Kunst, überhaupt bei allem so.«

»In these days of cool reflection.«

»Zuerst habe ich gedacht, es ist das Alter. Bei Günter Grass jedenfalls. Das Aus-dem-Bauch-Schreiben ist vorbei, jetzt schreibt er, wenn ihm jemand sagt: Du, Günter, musst den Jahrhundertroman verfassen. Und das geht dann daneben. Aber die junge Generation hat auch nichts zu sagen und so stehen Inhalte zurück und die Technik nimmt die erste Rolle ein. Alle sind so fasziniert von den Möglichkeiten der modernen Technik, dass sie die ganze Zeit damit herumexperimentieren. Die Inhalte kommen nicht nach. Es gibt keine Ideale mehr oder keine Visionen, Ziele, auf die wir hinarbeiten wollen.«

»Du hast sie doch.«

»Und mir fehlt die Technik.«

»Was wir schaffen müssen, ist also die Verbindung der modernen technischen und künstlerischen Möglichkeiten mit den Idealen der Siebzigerjahre jenseits des Kommerzes und bezogen auf das 21. Jahrhundert.« Übertrieben elegant hob er mit sich überdehnenden Fingergelenken das Glas und stieß an ihres. Feuchtigkeit schluckend endete er: »Das wäre eine Vision für die Kunst des 21. Jahrhunderts.«

»Wenn's mehr nicht ist.« Alex stützte die Ellenbogen auf das Leinentuch und ihr Gesicht in die Hände.

»Ein ungewöhnliches Team wie wir, wir schaffen das. – Zumindest etwas Ungewöhnliches.« Wild entschlossen warf er die Serviette auf den Tisch. Selten sah Alex eine so männliche Geste an ihm. Prompt wirkte sie einstudiert.

»Mick, ich und die anderen könnten ein bisschen Schuld abtragen.«

»Schuld?«

»Sicher.« Er trank und schaute entweder in die Vergangenheit oder in die Zukunft. »Wir haben zwar Ideale besungen, aber was ist dabei herausgekommen? Purer Kommerz. Das ist unsere Hinterlassenschaft.« Er steckte sich die 41. Gitanes an diesem Tag an.

»Verzeihung, aber genau das war dein Ziel.«

»All right, und ich revidiere. Mick kommt damit noch weniger klar als ich. Es könnte ihm zwar egal sein, aber er muss schließlich hier und jetzt leben. Er langweilt sich in dieser Kälte und Sterilität. Selbst die Studios sind heute sauber. Kein Refugium mehr für ihn. Und wenn er herauskommt, ist es noch kälter und steriler. Er weiß nicht mehr wohin.«

Davids Blicke kamen auf Alex zurück, die daran dachte, dass Keith Richard sich über die Langeweile bei heutigen Konzerten beklagt hatte: »Wo früher Mädchen standen, sehe ich nur noch Security.« Aber Mick schien der Snobismus doch zu gefallen?!

»Was glaubst du eigentlich, warum er dich so mag?«

»Wer?«

»Na Mick! Hörst du mir überhaupt zu?«

Sie nickte in ihre Hände.

»Du bist die Mischung aus Jugend und seinen alten Idealen. Du bist sein geistiges Kind.« Er grinste halb teuflisch, halb gerührt und zeigte die Zähne, die wie die Augen im Schein der Kerze glänzten. **119**

»Wie meine ganze Generation. Ihr seid die Väter meiner Generation.«

»Wird Zeit, dass ihr uns begrabt, die euch kommerzialisiert haben.«

»Die meisten Stars, insbesondere jüngere, nehme ich nicht ernst. Sie sind wie Computer. Sie produzieren um des Produzierens willen. Und natürlich für Dollars. So was nimmt man doch nicht ernst. Ein paar sind natürlich anders.«

»Du sprichst gegen deine eigene Generation. Magst du deshalb alte Männer?«

»Wir wissen nicht, wie wir leben sollen, das Alte gibt es nicht mehr, weder Kultur noch Natur, und das Neue wollen wir nicht. Wir sind genauso eine verlorene Generation wie die Kriegsgeneration, nur dass unser Krieg ums Kapital bei vollem Luxus geführt wird. Ich glaube, meine ganze Generation ist … bedürftig.«

»Bedürftig nach den Alten?« Er lachte und schaffte die Gratwanderung zwischen Ironie und Charme.

»David, du verstehst mich nicht. Für dich ist das intellektuelle Spielerei oder Kunst. Aber ich sehe, rieche, höre und fühle, wie die Natur weniger wird. Ich fühle, dass ich aus ihr gemacht bin und nur hier auf diesem Planeten optimal körperlich und seelisch angepasst bin. Wahrscheinlich, weil ich das Produkt einer Millionen Jahre langen Entwicklung dieses Planeten bin. Für mich ist das hier nicht eine intellektuell vermittelte Gefahr wie damals in den 80ern der drohende Atomkrieg. Ich sehe, rieche und höre die Versiegelung der Erde, den Lärm und die falsche Helligkeit. Ich verstehe nicht, warum ihr die Erde nicht abnehmen fühlt und nicht leidet.«

Bevor er etwas erwidern konnte, wurde er von dem dünnen, mädchenhaften Arm abgelenkt, der sich an den Kerzen und Gläsern vorbei über den Tisch reckte und nach dem Stapel leerer Blätter griff. Wie immer, wenn etwas Wichtiges geschah, schaute er schweigend zu und seine übersensibilisierte Wahrnehmung verfolgte die sich straffende Sehne unter Alex' Schulter, die Höhlung, die sie schuf, das Spiel der Muskeln unter dem Schlüsselbein, das beige im Licht glänzte, während sich darüber und darunter dunkle Mulden bildeten, ebenmäßig wie der sauber bearbeitete Stein einer Skulptur. Er war versucht, seine Fingerspitzen hineinzulegen, um die glatte Fläche zu ertasten.

Alex zögerte mit dem Schreiben, wusste sie doch schon im Voraus, dass es nichts werden würde. Doch da sich nur entwickeln ließ, was vorhanden war, setzte sie die breite Feder aufs Papier und ließ Tinte und Bilder fließen, ohne zu denken.

Am Ende setzte sie ab, starrte in die Kerzenflamme, um mit einem teuflischen Grinsen, das dem ihres Meisters in nichts nachstand, die goldene Feder noch einmal zu einem schnellen Scherz übers Papier gleiten zu lassen:

This is Rock 'n' Roll
This is Solar City

»Und das 30 Jahre nach *Hunger City*!«, rief er aus, hob das Glas und stieß an ihres. Ihre fettigen Hühnchenfinger berührten sich. Bowie rauchte, betrachtete sie und wandte den Kopf, um den Rauch nicht in ihr Gesicht zu blasen.

Das Musical

Am Tag darauf warf David seine Kleider aus dem Schrank. »Alex?«
Er schrie durchs Haus nach ihr. Sie stand im Türrahmen. »Ja, Mr. Bowie?«

»David.«

»'tschuldigung.«

»Bitte bring das in den Altkleidercontainer.«

Sie griff ein Hemd heraus, das sie kannte. Er war in ihrer Heimatstadt darin aufgetreten.

»Darf ich es haben, wenn es mir passt? Ich werde es nur in meiner
Freizeit tragen, damit es niemand erkennt, der es kennen könnte.«

»Das macht mir nichts. Im Gegenteil, es wäre amüsant, dich in meinen Kleidern zu sehen.«

»Ist das narzisstisch?«

Besäße sie nicht einen Fünfjahresvertrag als Butler, hätte sie die Frage nicht als Frage formuliert. »Ich liebe es, die Kleider anderer aufzu-
tragen.«

»Warum?«

»Ist doch nachhaltig, oder?«

»Ich glaube dir nicht, dass das der Grund ist. In deinem Zimmer
ist nichts Persönliches. Mit den Kleidern der anderen ziehst du deren
Geschichten und Erinnerungen an.«

Alex verließ das Zimmer.

»Du bist wahrscheinlich doch zum Mann geboren. Steht dir ausge-
zeichnet. Glaubst du, dir passen meine Hosen?«

»Unwahrscheinlich.«

»Ich bin nicht viel größer als du.«

»Aber wahrscheinlich dünner.«

»Unwahrscheinlich. Zieh das an.«

Er reichte ihr eine Hose und rollte die Augen, als sie schon wieder das Zimmer verließ.

Er hatte Spaß wie der zweijährige David Jones, der sich an Kleidern und Schminke seiner Mutter vergriffen hatte. Damals hatten sie gedacht, er würde einmal Balletttänzer werden.

Im Gegensatz zu den meisten Eltern hatten die Jones ihrem Sohn nie gesagt, er solle »etwas Anständiges« lernen. Sie sorgten sich, aber verbauten David nicht den Weg, den er gewählt hatte. Die Eltern waren nicht glücklich über seine Entscheidung, ein Star werden zu wollen, aber sie drängten ihn auch nicht. Sobald sie sahen, wie viel ihm daran lag, machten sie ihm Mut.

Alex zuckte zusammen, als David jetzt davon erzählte. Währenddessen schaute er über Alex' Schulter hinweg in den Spiegel, vor dem sie sich in seinen Kleidern betrachtete, und erzählte fröhlich weiter.

Seine Eltern interessierten sich für alles, was er tat, und besuchten seine Konzerte. Sein Vater sorgte dafür, dass er immer etwas Geld in der Tasche hatte, aber David sollte nicht das unangenehme Gefühl haben, dass er ihn finanzierte. »Das würde ihm nicht gefallen«, hatte Mr. Jones erklärt. Bowie schlug es aufs Gemüt, wenn er pleite war. Anders als andere Jungmusiker brauchte er sich niemals Sorgen zu machen, wo er die nächste Nacht unterkommen sollte. Bis zum zwanzigsten Lebensjahr wohnte er bei den Eltern. Danach bei Pitt. Obwohl Mr. Jones wusste, dass Pitt homosexuell war, hatte er nichts dagegen. Er sah sich die Wohnung an und David berichtete an Pitt: »Dad hat sie gefallen. Sie sei sehr maskulin.«

In langen Gesprächen im Elternhaus hatte der Vater sich überzeugt, dass sich Pitt zuverlässig um seinen Sohn kümmerte. Sie alle verband der Wunsch, ihn erfolgreich zu sehen. Auf zwei Männer konnte sich

David immer verlassen: seinen Vater und Pitt. Beide bewunderten ihn, Pitt identifizierte sich mit Davids Ideen, formte und betreute ihn und leitete ihn an. David wollte ein Star werden und er suchte jemanden, der ihm den Weg zeigen konnte. Wenn etwas schieflief, sagte Mr. Jones zu Pitt: »Das würde ihn deprimieren. Das könnte er nicht ertragen. Er würde daran zerbrechen. Sagen wir ihm lieber nichts davon!« So lernte Pitt, seinen Schützling so sanft wie möglich zu behandeln.

David bemerkte, dass in Alex Wut auffunkelte, um eine Sekunde später in matte Trauer zu zerfallen.

»Was ist, Alex?«

»Er hat gesagt, das würde dich deprimieren? Das könntest du nicht ertragen? Mich haben sie deswegen in eine Schule gesteckt, die hart macht. Ich habe auch viel geweint. Aber ich musste es mir abgewöhnen. Mir haben sie gesagt: Da musst du durch. Aber ich muss ihnen das verzeihen, weil sie anders den Krieg nicht ausgehalten hätten, verstehst du? Das ist alles, was sie gelernt haben: ›Da musst du durch!‹«

Er stand sprachlos davor.

»Du musst mit deinen Problemen allein fertig werden, haben sie gesagt. Du bist zu sensibel.«

Zuerst war er abgeschreckt. Sobald er verstand, wovon sie redete, empfand er Mitleid. Als Alex das bemerkte, hörte sie augenblicklich auf. Erschrocken darüber, dass sie tatsächlich verstanden worden war. Das wollte sie doch gar nicht.

Er reichte ihr die Hand, aber Alex zog den Arm zurück wie ein kleines Mädchen. Sie schämte sich noch mehr, weil sie kein kleines Mädchen war, sondern sah, wie unpassend sie sich benahm. Sie zitterte vor Verzweiflung und ließ sich nicht anfassen.

Er schaute sie eine Weile an, ohne dass sich etwas an ihm bewegte. Plötzlich drehte er sich um und rollte mit Schwung den Schrank auf. Die Tür prallte zurück, bis seine Hand sie aufhielt. Ins Zimmer fielen Farben, die aus einer anderen Welt zu stammen schienen. Blau, Schwarz, Taubenblau, Gelb, Lila, Rot, etwa sechzig Ärmel, aus denen ganze Anzüge wurden, wenn er die Bügel mit einem unangenehmen Geräusch über die Metallstange auseinanderschob. Bei einem schwarzen Smoking inklusive Seitenstreifen auf der Hose stoppte er. Er hielt ihn Alex an, nahm Abstand, trat wieder vor, durchwühlte ihre Haare, aber sie entzog sich, wenn auch halbherzig. Schließlich drückte er ihr den Smoking in die Arme, ließ sie stehen und ging zum Telefon. »Könntest du bei mir vorbeikommen? Wann hast du Zeit? Sofort?«

Sie trafen zu zweit ein. Eine Visagistin mit Schweizer Dialekt und ein Friseur mit französischem Timbre. Zusammen mit Bowie durchstöberten sie Fotos im Archiv. Daraufhin drückte der Meister Alex einen Kamm in die Hand. Sie sollte zeigen, wie sie sich normalerweise die Haare kämmte. »Gar nicht«, erklärte Alex. »Bon«, sagte er, nahm ihr den Kamm aus der rechten und drückte ihr ihn in die linke Hand. Sie tat nichts. »Bon«, meinte er wieder, obwohl er die hohen Geheimratsecken beschaute. Schließlich schnitt er die Längen weg. Alex hätte gern die ungleich langen Haare behalten, sie empfand sie als Kunstwerk. Sie wagte jedoch nicht, dem Meister Einhalt zu gebieten und war zu neugierig auf das Endergebnis. Als Vorlage bediente sich der Meister des *Low*-Covers. Sie selbst favorisierte den radikaleren Kurzhaarschnitt auf dem *Heroes*-Cover. Wenn schon Mann, dann richtig. Aber Bowie wollte nicht zu sehr von seinem jetzigen Langhaar-Outfit abweichen. Er ließ sich nach einem Jahr wieder die Haare schneiden, in derselben Länge wie Alex sie nun trug, aber gezackter. Bowie und der Meister waren sich einig, dass er als gealterter Mann zwar den neuesten Trend der New Yorker Szene tragen konnte, nicht aber den Softie-Look des jungen Bowie.

Beide wurden blondiert, Bowies Grau und Alex Gelb kaschiert und egalisiert. Seine Kunstwerke fixierte der Friseur mit Wachs, Schaum, Gel, Haarspray. Alex wagte nicht, ihren Kopf zu berühren. Doch der Meister gab ihr den Rat, sich öfter anzufassen. Sie habe strukturschwaches Haar! Das zeuge davon, dass sie sich zu wenig anfasse! Er meinte es ernst!

In den folgenden Tagen fuhr sie bei jeder Gelegenheit durch die gekürzten Haare, die viel Bergwind an Nacken, Ohren und Stirn streichen ließen und sich leicht anfühlten. Alex fühlte sich freier. Was ein einfacher Haarschnitt bewirken konnte! Nun würden ihr beim Wandern nicht mehr die Strähnen in die Augen wehen, was sie vor manchen Unfällen bewahrte.

Die Dame mit dem blauen Lidschatten und der herausgewachsenen Dauerwelle war dran.

»Schmink sie, dass sie genauso aussieht wie ich.«

Alex erwartete, die Dame würde sagen: »Unmöglich.«

Lange schaute sie ihr ins Gesicht. Alex war das peinlich, sie hielt aber still. Visagisten und Friseure konnten kraft ihres studierenden, fachmännischen Blickes Autorität ausstrahlen, fand sie. Die Dame machte Handbewegungen wie eine Künstlerin vor der Leinwand oder dem Steinblock. Der blaue Blick wanderte zwischen David und Alex hin und her.

Als sie fertig waren, grinste David nicht mehr, er wurde blass und zerrte Alex vor den Spiegel. Er stellte sich schräg hinter sie, sodass sein Gesicht über ihrer Schulter erschien. Alex stieß einen Schrei aus. Obwohl sie gewusst hatte, was Filmmasken bewirken konnten.

Vor ihr stand ein dürrer, junger Mann im Smoking, die Gesichtszüge weich, die halblangen Haare blond. Alex nahm eine elegantere Haltung an, straffte das Rückgrat und hob die langen, schlanken Hände, die Bowies und denen ihres Bruders so ähnlich sahen. Die Nägel waren gekürzt. Auch das fühlte sich freier an. Die scharfen Wangenknochen, die eingefallenen Wangen, die schmale Nase, das betonte Kinn. Die beiden Furchen von den Nasenflügeln zu den Mundwinkeln besaß sie wie auch die Stirnfalten.

David entließ die Dame mit einer großzügigen Entlohnung und, was der Dame viel mehr bedeutete, einem herzlichen Händedruck und einem Kuss auf die Wange. Er wollte sich seiner Kreatur widmen. Alex verdächtigte ihn der Eigenliebe.

»Kannst du dich bewegen wie ich?«

»Ich habe es mal probiert, weil mir deine Gestik und Mimik gefallen hat, so cool, zivilisiert und nicht zu männlich. Bin aber nicht weit gekommen. Außerdem ist das peinlich.«

»Dann ist die Tätigkeit jedes Schauspielers peinlich.«

»Genau.«

»Kinder machen auch so etwas.«

»Weil sie ihre eigene Identität finden müssen.«

»Weil sie andere Identitäten ausprobieren. – Kannst du tanzen?«

»Nicht die Spur. Ich hasse Tanzen. Ich komme mir lächerlich vor wie in keiner anderen Lebenssituation. Und in dieser Hinsicht bin ich wie eine Engländerin: Nichts ist schlimmer, als in eine peinliche Situation zu geraten. Lieber liefe ich nackt durch die Stadt.«

»Das ist ja auch harmlos.« Er nahm sie an der Hand, legte den Arm um ihre Taille und drängte ihr seinen Schritt auf.

Nach einer Weile hörte sie auf, mit den nackten Sohlen auf seine ebenfalls bloßen Füße zu treten. Im selben Augenblick, in dem seine große Zehe ihre berührte, hob sie den Fuß, um seinem auszuweichen.

Als sie es hatte, wusste sie es nicht, sondern befand sich mental in seiner Hüfte. Er zog das Gesicht aus ihren Haaren und strahlte sie an, begeistert über den jungen Doppelgänger. Alex machten die nahen grünen Augen nervös, sie schlug die Augen nieder, was nicht tiefer gehen konnte als bis zu seiner Schulter.

»Sag mal, wenn dich niemand an etwas herangeführt hat, wie bist du denn zum Schreiben gekommen?«

»Genauso wie George Orwell.«

»Aha. Und wie ist George Orwell zum Schreiben gekommen?«

»Steht in der Autobiographie von Marilyn Manson.«

»Muss ich sie mir besorgen oder verrätst du es mir auch so?«

»Er, ich war ein isoliertes Kind. Damit ich nicht so allein war, habe ich mir eine Welt im Kopf geschaffen und sie mit Figuren bevölkert. Mit denen konnte ich reden. So, sagt Orwell, sei er Schriftsteller geworden.«

»Ich wollte vor Jahren ein Avantgarde-Musical aus *1984* machen. Wollte es in Rom aufnehmen. Big Brother sollte in einem Großstadt-Dschungel residieren. Wie Brechts *Baal*. Aber die Orwell-Erben stimmten dagegen. Wenn Defries fähiger gewesen wäre und die Orwell-Erben dem Rock aufgeschlossener gegenüber, wäre vielleicht ein riesiger Musicalerfolg gelungen, der einen höheren Standard gesetzt hätte als den eines Andrew Lloyd-Webber. Und aus *Ziggy Stardust* wollte ich eine Bühnenfassung und eine Fernsehproduktion machen. *Five Years* war der Opener ...«

Er hatte den Satz kaum beendet, da blieb Alex abrupt stehen. Sie schaute ihn an, dass er sich fragte, was er nun schon wieder falsch gemacht hatte.

»Würdest du immer noch gerne eines machen?«

»Was?«

»Ein Musical!«

»Ja.«

»Dann mach *2040*!«

»*2040*.«

»Genau. Du kannst es auch *Solar City* nennen.«

»Und was ist die Handlung?«

Alex löste sich aus seinem Arm, um seine Hand zu ergreifen und ihn neben sich hinunter auf den Boden zu ziehen. Sie saßen sich im Schneidersitz gegenüber, umgeben von Kerzenlicht, Kleidern, CDs.

»Am Anfang steht *Hunger City* – falls dir nichts Neues einfällt. Oder auch so, könnte eine gute Wirkung haben, der Wiedererkennungseffekt von *Diamond Dogs* und *Five Years*. – Der Erdbevölkerung, also uns, steht klar vor Augen, dass wir nur noch wenige Jahre zu leben haben. Die Klimakatastrophe, die Verseuchung der Meere, alles schon da, wie auch die urbane Katastrophe.

Der Protagonist ist die Agenda 21. All die Millionen Menschen, die weltweit in lokalen und globalen Foren um eine sozial, ökologisch und ökonomisch nachhaltige Zukunft ringen. Das ist das Gegenteil der plündernden Missgestalten Diamond Dogs, verstehst du?

Im zweiten Akt der Höhepunkt: die Kriege um die letzten Ölreserven. Spätestens jetzt gibt die Öl-Mafia zu, dass man auf erneuerbare Energien umstellen kann. In einem weltweiten demokratischen Akt oder in vielen kleinen Akten beschließen die inzwischen geschulten Bürger die Umstellung von Lohnsteuer zur Verbrauchssteuer. Das heißt, besteuert wird nicht mehr Arbeit, sondern der Verbrauch von Natur, von nicht erneuerbaren Rohstoffen. Was meinst du, wie schnell die Firmen sich etwas einfallen lassen, um genau daran zu sparen. Die Folge: die Kreislaufwirtschaft ist geboren. In Ansätzen gibt es sie ja schon. Jetzt jedoch gibt es nicht nur Recycling von Produkten und Abfällen, sondern Produkte werden langlebiger hergestellt, kosten mehr, aber halten länger, sind ergänz- und reparierbar. Außerdem nutzen wir Pflanzenstoffe statt Chemie. Nahrungsmittel kommen aus der eigenen Region. Was hier nicht wächst, gelangt über den Transfair-Handel ...«

Er brach in Gelächter aus. »Wie willst du das in Musikstücken darstellen?«

»Ich? Du!«

»Du überforderst mich.«

»Ist nicht wahr.«

»Doch.« War er eben noch überrascht, so schmunzelte er jetzt. Doch sein Finger hob sich an die Lippen und zeigte, dass er etwas an der Idee fand.

»Pass auf«, sagten Alex und David gleichzeitig.

Der Gentleman ließ ihr nicht den Vorrang. Er hatte wieder die Oberhand, die Kontrolle im Studio. Während er redete, stand er auf, legte eine neue CD ein, holte ein paar arabische Kissen heran, schob **129** Alex eines hin, holte Wein und Zigaretten und legte sich schließlich auf die übrigen Kissen.

Er liebte dieses Ritual seit seiner Jugend. Einmal hatte er sich uneingeladen in der Wohnung einer Frau einquartiert. Wenn sie von der Arbeit kam, hatte er den Tisch gedeckt, gekocht, die Räucherstäbchen und Kerzen angezündet, einen Joint gebaut und ihr ein Kissen unter den Kopf geschoben. Sie sollte sich für einen Liebesakt entspannen.

»Pass auf. Du versuchst dich an Texten, soweit wie du kommst. Bestenfalls korrigiere ich ein bisschen daran herum, schreibe die Musik dazu und produziere sie.«

»Ich wollte das ungefähr andersherum vorschlagen, …«

»Du schreibst die Musik?«

»Nein. Du machst alles und ich korrigiere.«

Sein Brustkorb vibrierte, das Lachen bahnte sich einen Weg, indem es seinen Kopf tief in die Kissen zwängte.

»No, girl. You do it!«

Der Produzent hatte entschieden. Aber er war bereit, ins 21. Jahrhundert mitzukommen. Alex' Begeisterung an der Idee war ansteckend. Er griff sie auf und machte sie zu seiner eigenen. So wie er es immer getan hatte.

Natürlich konnte das nur funktionieren, weil Alex' Idee auf fruchtbaren Boden fiel. Sie traf einen freiliegenden Nerv, eine offene Wunde. Und sie hatte es gewusst.

Kurz bevor sie nach Blonay gekommen war, hatte sie in einem Interview im *Rolling Stone Magazin* gelesen, dass er sich sehr wohl die Frage stellte, in was für einer Welt seine Tochter Alexandria aufwachsen würde. Und nun, auf den Kissen am Boden liegend, der Musik lauschend und rauchend, erzählte er von paranoiden Träumen und halbrealistischen Zukunftsvisionen.

Er sah die kleine Mulattin in New York nach Sauerstoff ringen. Ein Rohstoff, der so rar wurde wie Diamanten. Er sah sie durch verwüstete Landschaften gehen, dicht gebeugt über den kontaminierten Boden wandern, auf der Suche nach natürlicher Nahrung. Er sah sie ihr Leben im Dauerstau verbringen. In Autos, die mit allem vollgestopft waren, was man den ganzen Tag über brauchte, vom Internet bis zur Mikrowelle. Er sah sie gegen Epidemien, gegen Hautkrebs von zu starker Sonneneinstrahlung und gegen Allergien aufgrund unnatürlicher Lebensumstände kämpfen. Er sah sie als Teenager Amok laufen, weil sie den Druck der Gesellschaft, die Enge in den Städten nicht aushielt, den Konkurrenzkampf, die Lieblosigkeit, wenn er gestorben war.

Ihm traten die Tränen in die Augen, als er aufstand, an die Verandatür trat und über die ungeheure Schönheit der noch halbwegs gesunden Landschaft über dem Lac Léman schaute. Aber dann drehte er sich um und wusste, wie immer in Krisenzeiten, was zu tun war. »We can beat them, for ever and ever. Then we could be heroes, just for one day.« Das konnte der letzte Song des Musicals werden. Er wusste, wie er seinen Ruhm, seine Macht, seine Ausstrahlung nutzen konnte.

Er sah seine kleine Lexie schon als Teenie in Agenda-Foren streiten und heimkehren in ein Haus, das umrankt war von Sauerstoff atmendem Grün. Sonnenkollektoren glitzerten, wenn er darüber hinwegflog und einflog in die Schneise zwischen den energie- und rohstoffliefernden Feldern. Aus ihrem Biomaterial wurden Nahrung, Kleidung, Farben, Kosmetik, Klebstoffe und Treibstoff gewonnen.

Er flog wieder, flog langsam. Hatte er vor Jahrzehnten Reisen per Schiff und Bahn über Ozeane und Kontinente zurückgelegt, weil er das Fliegen hasste, so bestieg er nun freiwillig den Zeppelin, das saubere und langsame Verkehrsmittel, um seine nicht mehr ganz so kleine Tochter zu besuchen, die ihn, wenn er ehrlich war, mit ihren 1,90m überragte. Sie würde ihn in die Arme schließen und sagen: »Danke, Daddy.« Sie würde losprudeln und von den Agenda-Sitzungen und ihrem Studium erzählen. »Hey, Daddy, du hast Geschichte geschrieben. Ihr habt im letzten Jahrhundert den Super-GAU verhindert. Du warst dabei, als ihr die Kulturevolution angestoßen habt. Als wir im Seminar darauf kamen, sagte so'n Witzbold, ich soll dir schönen Dank ausrichten, dass wir jetzt schön sozial und grün leben. Sonst müsste ich dich jetzt fragen: ›Ja, habt ihr denn nichts gewusst?‹«

Dem alten Mann kämen die Tränen, noch immer sensibel wie Davie Jones vor 70 Jahren. Und Lexie würde sagen: »Hey, Daddy, ich glaub, du brauchst erst mal einen Espresso und einen Cognac.«

Er sähe ihr zu, wie sie den Transfair-Kaffee in den Baumwollfilter der Solarmaschine füllte, dass es im Pinguin-Haus duftete. Reines Wasser ließe sie plätschern, würde sich durch die hennagefärbten Stoppeln fahren und den Naturfaser-Minirock vor seinem strengen Blick hinunterzupfen und die Zähne in einem fröhlich leichtsinnigen Gesicht zeigen. Ein Gesicht, das sagte: »Schön, dass du da bist, Daddy.«

David erwachte aus den Träumen und trank einen Schluck Wein.

»Weißt du«, sagte er leise in die Morgendämmerung, die über die Zweitausender kroch, »dieses Ding wird größer werden als nur ein neues Album oder eine neue Tournee oder sonst irgendwas. Ich will alles und ich glaube, dass wir es schaffen. Das wird groß rauskommen.«

»Das macht mir Angst«, erwiderte Alex und vollendete damit eine Rede, die er an einem frühen Morgen vor Jahrzehnten in seiner New Yorker Suite gegenüber Zanetta geäußert hatte, nachdem er von seinem Besuch bei Andy Warhol zurückgekehrt war und kurz bevor er innerhalb von zwei Wochen eine neue LP komponiert und aufgenommen hatte. Ihr Titel lautete *The Rise and Fall of Ziggy Stardust and the Spiders from Mars*.

Jahrzehnte später war es ihm, als komponierte er jetzt die Fortsetzung nach dem Wendepunkt in eine positive Ära. Sie würden nicht nur mehr fünf Jahre zu leben haben. Seine Tochter … »Kleines«, sagte er, indem er sich auf die Kissen lehnte und die 49. Zigarette anzündete, »hab keine Angst vor Größe.«

»Es ist nicht nur das. David?«

»Ich höre?«

»Ich sollte dich darauf hinweisen, was das bedeuten könnte.«

»Was denn, Kleines?«

»Es könnte sein, dass du das vergangene Zeitalter mit einem kulminierenden Feuerwerk beendest. Allerdings, um das neue einzuläuten.«

»Du meinst mit anderen Worten, ich schaufele mir mein eigenes Grab. Und das Läuten sind die Totenglocken.«

Alex schwieg.

»Nun ja, charmant.« Sein Lachen klang, als wollte er die Glocken imitieren. »Wozu sonst sind Väter und Mentoren da, wenn nicht dazu, die Kinder und Schüler über ihre Köpfe wachsen zu lassen?«

»Ich wachse schon nicht …«

»Oh, shut your mouth!«

»Mein Vater konnte das nicht ertragen. Ohne dass er es merkte.«

»Warum nicht?«

»Ich bin Deutsche, David.«

»Na und? Was heißt das?«

»Wir haben Schuldgefühle, David. Alles Wachsen kann böse sein. Wir schämen uns. Und es ist richtig so, weißt du?«

Sein Bein fiel herunter, die Zigarette auch und er richtete sich auf. Er suchte nach Worten, fand aber keine. Unentschieden verharrte er in der halb liegenden, halb sitzenden Position. Erst als er Alex' Träne auf das Kissen fallen sah, entschied er sich, ihr vorsichtig unter den Kopf zu greifen und sie in die Arme zu nehmen. Alex blieb steif liegen, doch zuletzt grub sie sich in sein Hemd und nässte es bis auf die Schulter. Er streichelte ihren Rücken, wie er es mit seinem Sohn getan hatte und mit seiner Tochter tun würde.

Die Sonne löste den Nebel über dem Lac Léman auf. Die Glocken von Blonay ließen seine Gedanken von Alex hinübergleiten zu ... Glockenklängen, die das neue Zeitalter einläuteten und sein Totengeläut darstellten. Seine Hand glitt von Alex Rücken auf seine Brust, um das silberne Kreuz zu suchen, das in die Achsel gefallen war.

Tatsächlich sollte die neue CD mit dem Geläut der Glocke von Blonay beginnen, bevor ein tiefer, langsamer und harter Bass einsetzte. Alex dachte dabei an Schillers Glocke, das Gedicht, das einen Schaffensprozess beschrieb. Menschenhände schufen ein ästhetisches Werk. Die Glocke von Blonay würde jenen Prozess einläuten, in dem Menschenhände die soziale, ökologische und ökonomisch nachhaltige Gesellschaft schufen.

***

Alex joggte. In der Hand hielt sie den Walkman, das schwarze Kabel hüpfte im Takt ihrer Schritte. Sie trat den harten hellen Asphalt der steilen Serpentine. Splitt knirschte unter den Sohlen, sie hörte es nicht.

Sie roch die Luft. Kam sie an einer Alm vorbei, sog sie den Hauch Schafgarbe und Löwenzahn ein, lief sie am Bachlauf entlang, roch es nach feuchter Erde und Moos, moderndem Laub und Farn. Blau unter einem braunen Blatt vom letzten Jahr versuchte ein Veilchen heraufzuwachsen. Alex' Hirn arbeitete im Gleichschritt ihrer Füße, bildete Ketten von Assoziationen und erinnerte sich an Düfte und Gerüche von Städten und Ländern. Nirgendwo roch es wie in den Alpen. Nicht in der Wüste von Arizona zwischen den roten Felsen, wo die Hitze groß und die Luft trocken war, und auch nicht auf Hawaii, mit dem süßen, nasenbetäubendem Duft nach faulenden Passionsfrüchten, der Nationalblüte Hibiskus und der beißend süßen Zuckerrohrindustrie. Die Luft von LA war voller Parfüm und Backwaren. New York stank nach Abgasen, Urin und Klimaanlagen. Deutschland besaß keinen Geruch, nur Tiefdruckgebiete und grauen Himmel.

Alex federte und trat aus, je nach Rhythmus des Songs. Jetzt war er schnell und eindringlich, es reizte, nach rechts und nach links aus der Spur zu springen, bis die Po- und Schenkelmuskeln kribbelten. Bevor die Hitze in Schmerz überging, änderte sie den Tanz, drehte sich zum Abhang, der linke Fuß kreuzte vorn, der rechte kreuzte hinten. Dieser anstrengendste aller Schritte verdickte den Speichel im Mund, spannte Fäden zwischen den Lippen und ließ sie Speichel pusten. Sie spuckte in den Abhang.

Eine Limousine fuhr neben sie heran. Alex' Hand rutschte über den schwarzen Lack, ein Schweißfilm unterbrach die Spiegelung der Tannen. David reckte den Kopf aus dem Fenster. Er zog einen der Stecker aus ihrem Ohr und steckte ihn in seines. Als er merkte, wie unbequem es für Alex wurde, reichte er den Hörer zurück und fuhr davon.

Bald erschien er erneut neben ihr. Diesmal zu Fuß und barfuß. Das Jackett hatte er ausgezogen und auf dem Wagendach liegengelassen. Er passte sich ihrem Rhythmus an und zog ihr wieder einen Stöpsel aus dem Ohr.

In diesem Moment setzte George Bakers *Little Green Bag* ein. Alex entfuhr ein Quietschen. Der Song vibrierte in ihrer Brust und nahm sie mit auf den Treck. In Alex' Kopf visualisierten sich die Texte, während für David die Musik im Vordergrund stand.

Hemd und Anzughose wehten, die nackten Füße hopsten über den Splitt. Alex schaute die Straße hinauf und hinunter. »Wie weit geht die Toleranz der Schweizer? Werden sie applaudieren oder dir die Residenz entziehen? Wieso wirkt es bei dir nicht peinlich, bei mir aber doch«, vernahm er auf einem Ohr.

»Weil es dir peinlich ist. Man wirkt so, wie man sich fühlt.«

Alex schüttelte den Kopf, das Kabel schlug den Schweiß der Wange.

»Na ja, ein bisschen mehr muss schon dahinterstecken.«

»Pass auf«, rief Alex und schubste ihn zur Seite, folgte ihm aber, damit das Kabel nicht aus einem ihrer Ohren riss. Statt seiner bloßen Füße rannten ihre Turnschuhe über die Glasscherben.

»Danke«, hechelte er und zog Alex auf den Pfad durch eine Alm. Unten erstreckte sie sich bis zum Waldrand, oben endete sie an den Felsen. Der Boden unter den Füßen war lehmig weich und warm von der Sonne. Das Erdreich färbte die weiße Haut seiner Füße dunkel. In den Mulden zwischen den Sehnen bildeten sich Torfseen, die Sehnen blieben einige Beigetöne heller und ähnelten Bergrücken.

»Normalerweise kehre ich hier um«, sagte Alex.

»Lass uns einfach weiterlaufen wie die Musik, so ungefähr bis in alle Ewigkeit und ans Ende der Welt. Oder um sie herum. Wir können notfalls mit einem Taxi oder einem Senner zurückfahren.« Ein Schweißtropfen fiel von seiner Nasenspitze und hinterließ einen dunklen Fleck im trockenen Lehm.

»Du kennst dieses Gefühl von Freiheit?«

»Du glaubst wohl was Besonderes zu sein, was?«

»Nein, ich dachte nur …«

»… dass ich keine überschäumenden Gefühle mehr kenne. Hüte dich!«

Der Atem zum Reden und Singen ging ihnen aus, sie gaben alles in den Lauf, der sich mit der Musik steigerte. Kurz vor dem Höhepunkt packte David Alex um die Mitte, drehte sich um sie herum und ließ sich auf die Wiese fallen, sodass sie auf ihn stürzte, ohne sich zu verletzten. Er warf sie ab, sie landete neben ihm auf dem Rücken und sah in die Sonne. Er schloss die Augen, lauschte der Musik und atmete flacher. Ab und zu dehnte sich ein Fuß oder eine Wade und noch eine Weile lang rieselte Schweiß aus allen Poren in die Almwiese. Mineralhaltiger Dünger, dachte Alex, leckte ihn von der Oberlippe und dachte daran, wie Mick Davids Schweiß auf seiner Brust verteilt hatte.

»David?« Sie richtete sich ein wenig auf. Er grunzte bei geschlossenen Lidern.

»Bleibst du noch liegen? Ich möchte mal eben auf den Hügel da klettern.«

»Hast du noch nicht genug?«

»Kann ich von da oben gehört werden?«

»Willst du gehört werden?«

»Eben nicht.«

»Wenn du nicht gehört werden willst, wirst du auch nicht gehört.«

Sie griff nach dem Walkman und rannte den Hügel hinauf. Er rollte auf den Bauch. Die Garben kitzelten seine Nase.

Auf dem Gipfel stellte Alex fest, dass es auch auf der anderen Seite ins Weite ging. Kein Hof war zu sehen. Sie steckte nur einen Knopf ins Ohr, um sich selbst hören zu können, und spulte bis *Child in Time* vor.

Als Ian Gillan schrie, schrie sie mit. Ihre Stimme brach nicht, aber sie war leise und kraftloser als in Kindertagen. Zu oft hatten Familie, Lehrer und Lebensgefährte gesagt, sie solle nicht schreien und nicht dreckig lachen. *Just another brick in the wall.* Einer der ersten Steine in der Mauer. Sie hatte die Zähne zusammengebissen. Jetzt brauchte sie Jahre, um sie wieder auseinander zu bekommen.

Eine Hand legte sich von hinten auf ihre Schulter. Sie fuhr herum. War sie schon vom Joggen, Klettern und vor Freude rot und heiß im Gesicht, so glaubte sie jetzt, die Adern platzen zu fühlen.

»Du hältst an dich. An dich oder an dir, wie heißt das?«

»Ach, das wissen die Deutschen auch nicht«, schlug Alex seine

Zweifel in den Bergwind. Verlegen betrachtete sie seine graubraunen Füße, über die eine Spinne lief. Er bemerkte es nicht, es kitzelten sowieso die Grashalme.

»Deep Purple, wasn't it? Ich habe in der Villa von Glenn Hughes in Beverly Hills gewohnt. Es war wie eine Vorausdeutung, dass ich das auch mal bringen würde. Du bist verspannt. Darf ich mal?« Er packte sie bei den Schultern und drehte sie herum. Seine Hände kneteten und hoben ihr Kinn von der Brust. Alex war ihr Schweiß peinlich.

»Mach es noch mal.« Er trat einen Schritt zurück in Erwartung, dass ihre Stimme ihn jetzt ummähen könnte.

»Ich kann nicht.«

David erkannte mittlerweile an ihrer Stimme, wenn die Scham übermächtig war, sodass sie keinen Ausweg sah. Dann war sie schwach, verletzlich und manipulierbar. Gleich einer Schauspielschülerin oder einer Jungmanagerin, die vom Ausbilder demontiert wird, um sie dann neu und ihrer Funktion gemäß zusammensetzen zu können. Wer hatte Alex auseinandergenommen und es versäumt, sie gestärkt wieder zusammenzusetzen?

Er zog ihr den Walkman aus der Hand, steckte sich den anderen Stecker ins Ohr, drückte auf Play, und indem er auf den Einsatz wartete, legte er die Hand mit dem Walkman auf Alex' Schulter. Das Metall kühlte die nasse Haut.

Hätte David sie angestoßen, um sie zum Schreien zu ermuntern, hätte er das Gegenteil erreicht. Stattdessen hielt er auch seinen Stöpsel an Alex' Ohr und die Hände vor ihre Ohren, um ihr beides zu liefern: dass sie von der Musik gepackt wurde und sich dennoch selbst hörte. Es dauerte, bis es wirkte. Und es wirkte nur, weil mehr als die Musik wirkte. Die Landschaft, die Weite, die Sonne, der Wind, der Geruch der Wiese taten das Ihre hinzu. Seine Gegenwart und seine Hände irritierten sie nicht mehr. Seine zitternden Fingerspitzen auf ihren Schläfen schenkten die Freiheit, sich auslassen und blamieren zu dürfen.

Ian Gillans Stimme kam nach Montreux zurück. Alex begrüßte ihn mit seinem eigenen Schrei. Zwei Schreie verlangte das Stück. Alex' erster klang zaghaft, der zweite aber öffnete Mund und Brustraum und ließ die Knochen vibrieren.

Als Ian Gillans, David Bowies und Alex' Stimmen erstarben, gab es in weitem Umkreis kein Wild mehr auf dem Berg.

David spulte zurück und wiederholte den Vorgang. Er sollte ihr in Erinnerung haften. Hätte sie einmal die richtige Körperspannung und das Gefühl für ihre Stimmorgane in der Stellung des Schreis memoriert, könnte sie jederzeit darauf zurückgreifen. Er half nur noch beim Einsatz. Bei der ersten Tonerhöhung brach er ab und ließ Alex allein.

»Können wir jetzt duschen gehen? Oder ziehst du wieder einen Bergbach vor?«

Alex' Füße verglühten in Leder und Leinen, sie freute sich auf den Bachlauf in der Nähe des Hauses. Davids Füße brannten vor kleinen Schnitten von Splitt und Grashalmen. Er sagte nichts, denn sie hatte es geschafft und jedes weitere Wort war zu viel und konnte die Scham erneut heraufbeschwören, die sich in der Stille nach dem Erfolg abbaute.

Zu Hause stritten sie, wer nach dem Bad den Wagen holen sollte. Das sei immer noch ihre Aufgabe, beharrte Alex auf ihren Pflichten. Er sei immer noch fitter als sie, behauptete David seine Kraft. Schließlich ließen sie den Wagen bis zum Abend, wo er stand, tranken Kaffee und holten ihn auf einem gemeinsamen Abendspaziergang ab, um zum Essen hinauf in die Berghütte unterhalb des Pic du Dent zu fahren.

Unterhalb des Pic du Dent

Die Entscheidung zwischen Kaninchen und Käsefondue fiel nicht leicht. Dafür aber die des Weines, denn Alex entschied sich für ein Produkt der Region. Da das Wallis in der Nähe lag, kam nur ein Dôle in Frage. Das gab Anlass, David mehr von der Nachhaltigkeit zu erzählen.

Er hatte über Sustainable Development gelesen, angeregt durch die vielen Artikel in der New York Times, die über den Rio- und die Folgegipfel berichtet hatten, über den Streit zwischen Europa, besonders Deutschland, mit dem US-Präsidenten, der sich nicht auf eine CO_2-Limitierung einlassen wollte. Im Lokalteil hatte man berichtet, dass der heiße Sommer von Manhattan auf die Hitzeausdünstungen der Millionen von Klimaanlagen in Gebäuden, Autos, Bussen und in der U-Bahn zurückzuführen sei – was niemanden dazu bewegte, seine Anlage auszuschalten. War es außerhalb von Manhattan schon heiß, so war es drinnen unerträglich. Die Thermometeranzeige an einem der Tower stieg auf 100 °Fahrenheit. Hunderte von Menschen litten an Erkältungskrankheiten, weil es in den Gebäuden und Fahrzeugen kalt war, draußen brachen sie in der Hitzewelle an Kreislauf- und Herzversagen zusammen. Das Leben wurde durch moderne Medizin künstlich verlängert und durch die Umweltzerstörung wieder künstlich verkürzt.

An einer Bushaltestelle hatte er eine junge Frau weinen sehen. Der Schweiß lief ihr in Bächen über Gesicht und Schultern, ihr Kleid war nass. Weil sie ihm gefiel und seine Limousine geradewegs neben ihr an der Ampel hielt, ließ er die getönte Scheibe hinunter und fragte nach dem Grund. Es war schwierig, dem Gestottere zu entnehmen, dass die Linie M1 mehrere Male an ihr vorbeigefahren war, sodass sie seit geraumer Zeit in der Hitze stand. Und immer wenn ein Bus der Linien M2, M3, M4 an der Station hielt, stieß er Wolken kochender Luft aus, die ihr Atem und Nerven raubten, während drinnen leicht bekleidete Mädchen versuchten, ihre Miniröcke über die Knie zu ziehen, um sich vor der Kälte zu schützen. Bowie lud das Mädchen auf seine distanzierte Art ein, rutschte ans äußerste Ende der Sitzbank, gab ihm zu trinken und brachte es in die 126. Straße. Als er das Kühlfach öffnete, war ihm klar, dass dieses kleine Ding einen Beitrag zum Problem lieferte. Ein Seitenblick auf das Mädchen verriet ihm, dass es nicht daran dachte oder es nicht wusste. Es nutzte zwar wenig, aber er drehte einige Stufen herunter. Desgleichen ließ er die Klimaanlage herunterfahren, denn das Mädchen begann zu zittern.

Doch dass man aus diesem Thema einen Song machen konnte, darauf war er nicht gekommen.

In Erwartung auf das Essen und Alex' Rede lehnte er sich auf der Bank hinter dem Kachelofen zurück. Ein schwaches gelbes Licht hatte Mühe, den Schirm aus rot-weißem Leinen zu durchdringen. Ein Topf heißen Käses wurde gebracht. Das Aroma von Kirschwasser drang heraus. Brotkruste duftete unter rot-weißer Leinenserviette hervor.

Alex verlor das Interesse an evolutionären Versuchen und überließ sich den Bedürfnissen des Magens, den zu füllen das erste Gebot aller Wesen war.

David erwies sich als schlechter Kämpfer ums tägliche Brot. Statt um den Platz für die lange Gabel im Käsetopf zu kämpfen, ließ er ihr den Vortritt.

»Bist du ein so schlechter Esser oder bist du nicht emanzipiert gegenüber dem weiblichen Geschlecht? Vergiss gefälligst deine Manieren. Das ist Bauernkost.«

»Seit wann betonst du dein weibliches Geschlecht?« Er stieß mit dem Schaft der Gabel gegen ihre, sodass sie ihr Stück Brot im Topf verlor.

»Damit bin ich reif für Stockhiebe.«

David sah sie verständnislos an.

»Hast du niemals *Asterix und Obelix bei den Schweizern* gelesen? Beim zweiten Mal Brot verlieren im Käsefondue gibt es Peitschenhiebe und beim dritten Mal wirst du mit einem Stein an den Füßen im Genfer See ertränkt. – Ich betone nicht mein weibliches Geschlecht, sondern meine Zugehörigkeit zum schweizerischen Landproletariat.«

»Und, verteilst du gerne Peitschenhiebe? Dir ist entgangen, dass ich das zweite Stück Brot verloren habe.«

»Das hätte vielleicht seinen Reiz. Aber Stockhiebe sind Energieverschwendung. Wirtschaftlicher ist es, wenn ich stattdessen nach deinem verlorenen Brot fische.«

»Das verstößt gegen das Eigentumsrecht. Das ist Wilderei.«

»Jaa! Vergesellschaftung aller Brotreserven! Wer nicht auf seinen Besitz aufpasst, der hat's nicht nötig. Also sozialisieren wir das Zeug.« Sprach's und stocherte im Käsesee.

***

»Ich singe den ersten Teil, dann du den deutschen, dann hast du den Rhythmus und die Tonfolge im Ohr, den letzten singen wir gemeinsam.«

An der Stelle, nach der der deutsche Text folgen sollte, nickte er mit dem Kopf, aber Alex reagierte nicht.

»Du hast den Einsatz verpasst.«

»David …«

»Mach einfach, was ich sage.«

»Nein.«

»Also entweder führst du oder ich. Du wolltest, dass ich dein Mentor werde, also überlasse mir die Führung, bis ich dir nichts mehr beibringen kann.«

»Aber ich wollte doch etwas ganz anderes lernen!«

»Ich denke, du suchst ein Medium für deine Message. Dann ist es gleichgültig, auf welche Weise du die Kulturevolution betreibst.«

»Aber ich mach das doch nicht professionell!«

»Warum nicht?«

»Weil ich es nicht kann und auch gar nicht will.«

»Warum willst du nicht?«

»Weil ich nicht kann und weil Sänger mit ihrem Werk in die Öffentlichkeit treten. Essayisten bleiben zu Hause. Ihre Werke gehen allein.« Er warf das Blatt auf das Klavier und stand auf. »Dann such dir einen anderen Mentor.«

Sie hörte die Studiotür.

Sie wusste nicht, dass er draußen in der Sonne vor dem Kasino stand. Er war längst entschlossen und davon überzeugt, dass nichts und niemand ihn aufhalten konnte. Auch Alex nicht. Alex schon gar nicht. Sie sollte sich respektvoll zeigen. Es sollte ihr eine Ehre sein, dass er mit ihr arbeitete. Wie konnte sie zögern!

Er erwischte sich bei solchen Gedanken. Wie immer würde er die Oberhand behalten. Er lehnte mit einem Fuß gegen die Gebäudemauer, steckte sich eine Zigarette an, behielt das Feuerzeug in der Hand, während er das Gesicht der Sonne entgegenrichtete.

Es machte Spaß, mit diesen jungen Leuten zu arbeiten. Er wollte Alex' Ideen. Da war er schon wieder bei sich selbst. Schlechtes Gewissen lastete auf ihm. War er vertrauenswürdig? Gehörte zu einer Kulturevolution und zu neuen Inhalten nicht auch eine neue Musik? Er konnte seinen Stil verändern wie sein Outfit, aber etwas vollkommen Neues konnte er nicht mehr schaffen.

Andererseits hörte er auf dem gesamten Markt nichts, was wirklich neu war. Den Hip-Hop, von dem er Elemente entlieh, fand Alex ungeeignet für ihre Zwecke. Das Thema sei schwierig, abstrakt und sprach eher den Intellekt an.

Bowie, murmelte er schließlich, musst du vor dir selbst nach einer Entschuldigung suchen? Mach dir nichts vor! Die Wahrheit ist: Es ist purer Egoismus! Er warf die Zigarette in die besenreine Gosse, stieß sich von der Hausmauer ab, um im Dunkeln des Studios zu verschwinden.

Er setzte sich rittlings neben Alex auf den Schemel. »Ich war immer stärker und entschlossener als die Leute in meiner Umgebung. Ich wollte mehr erreichen. Alle anderen waren zaghaft und wollten keine Risiken eingehen. Als stiege ich einen Hügel hinauf und müsste kleine Kinder mitziehen.«

Das ließ er erst einmal wirken. Alex musste begreifen, dass er nicht gewillt war, das noch auf sich zu nehmen.

Er stand auf, um einige Schritte zwischen Mikrofon und der gläsernen Wand, die den Aufnahmeraum vom technischen Raum trennte, hin und her zu gehen. Er überließ nichts dem Zufall. Als er meinte, die Message wäre angekommen, setzte er sich wieder vor Alex auf den Schemel.

»Plötzlich war da jemand, der diese Power besaß. Ich hatte das Gefühl, dass nun alles anders werden würde! Als Defries mich hängen ließ, wurde mir klar, dass ich wieder auf mich allein gestellt war. Lass du mich jetzt nicht hängen! Du besitzt die Power, aber du bist zu zaghaft und gehst keine Risiken ein. Ich ziehe dich nicht wie ein Kind mit auf den Berg! Ohne dich kann ich dummerweise diesmal nicht wie sonst gehen. Mindestens brauche ich deine Texte, wenn ich dir nicht die Idee stehlen will.«

Das schwarze Loch seiner Pupille war eine Drohung. Er würde ihre Idee aufsaugen oder von dem Projekt ablassen. Falls er das überhaupt noch konnte. Coco hatte gesagt, er setze seine Ideen durch. Rücksichtslos.

»Komm mir entgegen und ich komme dir entgegen. Wir versuchen es mit einer gemeinsamen Aufnahme. Wenn deine Multibegabung **143** nicht ausreicht, darfst du in deine für dieses Projekt lebenswichtige Hintergrundrolle zurücktreten und »nur« die Texte schreiben.« Er hob zwei Zeige- und Mittelfinger vor ihrem Gesicht und markierte die Gänsefüße.

»Aber ich will mehr. Ich will dasselbe mit dir machen wie mein Schauspiellehrer Kemp mit mir. Ich will dir beibringen, wie man nach außen mehr von sich selbst zeigen kann. Mein Anspruch als Lehrer ist es, dir zu zeigen, wer du in deinem Inneren bist, damit du es nach außen tragen kannst. Kemp hat gesagt, er habe David Bowie seine Flügel gegeben. Ich werde *dir* deine Flügel geben.«

Alex hörte eine Stimme aus dem Off, die sie mit Ekel erfüllte und zugleich eine Warnung für sie darstellte:
»Eines Tages hörte ich seine Stimme im Radio. Ich identifizierte mich mit David Bowie. Seine Stimme zog mich an wie die Stimmen der Sirenen. Ich war Odysseus – angelockt vom Gesang der Circe. Es war Bestimmung, dass wir uns trafen. Wir fanden einander und wir begannen zusammenzuarbeiten. Als wir uns das erste Mal trafen, spürten wir sofort eine tiefe Zuneigung. Wir empfanden Liebe, Bewunderung und Respekt füreinander. Wenn sich Liebe, Gefühl, Leidenschaft und Begierde mit Respekt paaren, ist es für mich die ideale Beziehung. Wir waren nicht sofort ineinander verliebt, es dauerte schon dreißig Sekunden. Und natürlich war er auch nicht ständig da, denn öfter fand ich einen Zettel von seiner Mutter vor, auf dem stand, dass er Ohrenschmerzen habe oder so etwas. Später wurde mir erst klar, dass die Zettel genauso gefälscht waren, wie man Entschuldigungen für die Schule fälscht... Oh ja, er hat mir öfter mit anderen Damen einen Dolchstoß in den Rücken versetzt.«

Die Beziehung des Schauspiellehrers zu seinem Schüler endete, als Kemp David nicht mehr neben sich im Bett, sondern dessen Schuhe vor Natasha Korniloffs Tür fand. »Was glaubst du eigentlich, was du da machst? Er ist *mein* Freund!«

»Nein, ist er nicht. Er ist meiner!«

Kemp schnitt sich die Pulsadern auf, Natasha schluckte Schlaftabletten, David brach in Tränen aus und verschwand mit einem Mädchen im Arm, das auf den Namen Hermione Farthingale hörte.

»Warum?«
»Warum was?«
»Warum willst du mir Flügel geben?«

Er atmete so heftig aus, dass er seine Flügel sinken ließ. Mit einem Zug an der 52. Zigarette an diesem Tag hob er sie wieder.

»Damit du nicht immer in den Alpen abstürzt.«

»Ist es nicht eher so, dass du dich wie bei Iggy Pop irgendwie in den Hintergrund spielen willst?«

Als Bowie Iggy Pop einsam und verlassen im neuropsychiatrischen Institut der Universität von Los Angeles gefunden hatte, wo sich Iggy wegen seiner Heroinabhängigkeit behandeln ließ, besuchte er ihn täglich, munterte ihn auf und förderte sein Selbstvertrauen.

»Ich mag kaum jemanden«, hatte Iggy erklärt, »aber ihn mag ich sehr. Für ihn ist ein Platz in meinem Herzen.«

David lud ihn ein, mit ihm auf Tournee zu gehen. Gemeinsam passierten sie Checkpoint Charlie, besichtigten den Bunker, in dem Hitler Selbstmord begangen hatte, reisten nach Hamburg, Frankfurt, Zürich. Zuletzt fuhr Bowie nach Blonay und sah sich das Haus an, das Angie entdeckt hatte.

»Keine Panik. Ganz so schlimm ist es nicht. Du denkst, weil es damals schiefgelaufen ist? Das lag nicht an uns, sondern am Punkfieber. Außerdem: Du bist ja nicht einmal Musikerin.«

»Dann vielleicht so wie bei *Tin Machine*? Du gehst im Kollektiv auf?«

»Nein, den Frontman mache ich. Du glaubst doch nicht im Ernst, dass ich dich da vorn allein herumlaufen lasse. Ich bitte dich, Kind.«

»Ich weiß ja nicht, was du dir ausdenkst.«

»Lass dich überraschen.«

»Nein. Das will ich eben nicht.«

»Wenn du doch in allem so kräftig wärest wie in deinem Misstrauen!«

Sie stand in einer Bewegung vom Klavier auf, die eine Kopie des Meisters darstellte. Sie kramte in ihrem Tagesrucksack, der nicht zu den Männerkleidern passte, die sie trug. »Bevor du versuchst, diesen einen Song mit meiner Stimme aufzunehmen, sieh dir erst die drei neuen Texte an, die ich in den letzten Tagen geschrieben habe.«

»Drei Texte in drei Tagen. Nicht schlecht für eine Anfängerin. Dabei kann ja nicht viel herausgekommen sein.« Er riss ihr die Blätter aus den Händen.

Wie immer, wenn etwas Wichtiges passierte, blieb sein Gesicht ausdruckslos. »Die Texte sind genauso schizophren wie meine. Sie sind ebenso kalt und vom Gefühl der Entfremdung und Isolation gekennzeichnet wie meine früher. Du beschreibst, was du siehst und dir vorstellst, aber nicht wie du dich dabei fühlst. Du fühlst dich unzulänglich. Du glaubst nicht, dass irgendwas davon Bedeutung hat.«

Nach einigen Zügen an der Zigarette fügte er hinzu: »Es ist diese lange Kette mit der Eisenkugel des Kleinbürgertums, die uns zurückhält. Auch du versuchst, den Duchamp in dir zu entdecken, aber es ist schwer. Die Klassenzugehörigkeit umgibt uns wie eine Mauer, sie steht uns immer im Weg.« Sein Blick kehrte aus den Tiefen des Betons der Wände zurück.

Alex erhob sich und schenkte einen Kaffee ein. »Und was hat mehr Gefühl in deine späten Texte gelegt?«

»Meine Heirat mit Iman. Sie ist die einzige Frau, die ich je geliebt habe. – Seit der rothaarigen, blassgesichtigen Hermione. Die war übrigens die einzige Frau, die mich verlassen hat.«

»Warum hat sie dich verlassen?«

»Wegen eines Amerikaners. Unsere Liebe war die perfekte Liebe. So perfekt, dass sie in zwei Jahren zu Ende war. Wir waren einander zu nah, wir dachten auf die gleiche Weise und verbrachten die ganze Zeit in unserem Zimmer und saßen auf dem Bett. Sie war eine hervorragende Tänzerin, ich war Musiker, der nach oben wollte. Ich habe ihr zu viel von meiner Zeit und meiner Energie gegeben und sie hat das Gleiche getan, sodass wir einander aufgebraucht haben. Das ist es ja wohl, was man Liebe nennt, dass wir uns entschließen, alles, was wir haben, auf eine einzige Person zu setzen. Es ist, als wollten zwei Menschen versuchen, des anderen Sockel zu sein.«

»Und wie schreibt man einen Hit?«, fragte Alex unvermittelt.

»Sag, was du denkst, sieh zu, dass es sich reimt, und leg einen Beat drunter!«

Alex trank den Braunen.

»Hat John Lennon zu mir gesagt.« David steckte sich eine Gitanes an, ging in den kleinen Raum hinter der Glasscheibe und schob die Knöpfe. Seine Augen waren zusammengekniffen, weil der Rauch biss, die Strähnen fielen ihm ins Gesicht. Er setzte den Kopfhörer auf.

Alex erinnerte sich, wie im Orwell-Jahr 1984 ein junger, sensibler, blasser, dünner Mann mit langen blonden Haaren und schiefen Eckzähnen, zwei Finger, zwischen denen ein Joint steckte, abgespreizt hatte, um Alex seine Kopfhörer aufzusetzen und ihr den ersten Kuss zu geben.

Sie hatte gefragt: »Ist das ein Mann oder eine Frau?«

»Ein Mann natürlich.«

»Wer ist das?«

»Du kennst David Bowie nicht?«

Die Stimme war näher und eindringlicher als der Kuss, die Musik war abwechslungsreich und alles andere als trivial. Die Texte variierten nicht immer nur das ewige Mann-Frau-Thema. Ihr schien es, als wolle dieser Musiker etwas erzählen. Und er scheute sich nicht, Geschichten über sich selbst zu erzählen.

Das Bowie-Konzert 1984 war Alex' erstes Popkonzert und ihr erster Besuch in einem Stadion. Sie und ihr mädchenhafter Freund lagen auf dem teuren Rasen, auf dem sonst 22 überbezahlte Leute hinter einem Ball herrannten. Sie waren berauscht von fünf Joints, billigem Wein, hatten alle in Naturleder gekleidete Viere von sich gestreckt und die Fransen ausgebreitet wie Engelsflügel.

Die Masse wurde ungeduldig. Sie rückte näher, drängelte. Bald war das Paar gezwungen, den Liegeplatz der platzsparenden Vertikale zu opfern. Der Freund hob Alex auf die Schultern. Die Bühne war schwarz und leer, das Stadion voll. Noch nie hatte Alex solche Massen gesehen, die ein Ziel, ein Wunsch, ein Traum zusammenbrachte. – Außer im Fernsehen, das in diesen Jahren noch häufig Wochenschauen und Filme über Nazi-Aufmärsche sendete. Alex verstand jetzt, was die Mitläufer gefühlt hatten. Und sie fühlte sich ohnmächtig. 40000 Menschen warteten auf den Heiland, der nicht kam, und wenn er käme, würde er sie nicht von ihrem Leben befreien. »You'll never leave your body now, you've got to wait to die.«

Um die Spannung zu brechen und das Falsche zu radieren, entfuhr Alex der Ruf: »Ich bin David Bowie!« Gleich darauf schlug sie die Hand vor den Mund und hoffte, der Schrei wäre im Lärm der Masse untergegangen, aber da brachen Gelächter und Buhrufe um sie los. Sie grinste verlegen. Another brick in the wall. Sie würde nie mehr die Selbstkontrolle aufgeben. Es musste einen klügeren Weg geben, das Falsche zu brechen.

New York

»Sitzt du nicht neben mir, Alex?«

»Ich dachte, du wolltest vielleicht deine Ruhe haben.«

»Gewöhn dir das ab.«

»Das Denken?«

Alex ging zur Stewardess. »Mein Arbeitgeber möchte, dass ich neben ihm sitze.«

»Geht in Ordnung.« Die beiden Dienstfrauen, die eine im dunkelblauen Kostüm, die andere im dunkelblauen Anzug, lächelten sich zu und ein Blick beglückwünschte Alex zu ihrem Glück in puncto Chefwahl.

»Alex?«

»Chef?« Sie sah nicht vom *Übermenschen* auf.

»Was hast du mit der Stewardess gemacht? Sie bezahlt oder verführt? Ich bin noch nie so angenehm betreut worden.«

»Internationale Arbeitnehmersolidarität, Chef«, sagte sie, ohne den Blick von Nietzsche zu heben.

Das Taxi passierte weiße Kreuze auf der geschwungenen grünen Wiese von Queens. Die Toten lagen in Reih und Glied, die Lebenden rumpelten in der Autoschlange über die Brücke nach Manhattan.

Bowie betrachtete ihr Gesicht, das die Melancholie und Trauer der ganzen Welt auszudrücken schien, bis sie aufatmete und den Blick aus den Fenstern auf seiner Seite warf. Ein Flehen schien in dem Blick zu liegen. Aber sie sagte nichts und er fragte nicht. Und sie dachte: »Für dich ist New York eine andere Stadt am selben Ort.«

Sie kniete auf dem Kopfkissen im Bett und steckte den Kopf in die New Yorker Luft. Wie früher roch sie nach Essen, Urin, Hudson und Klimaanlagen. Im hohen Stockwerk wehte jedoch eine grüne Brise von den Bäumen des Central Parks herauf und die Sonne war nicht verstellt von der nächsten Hauswand. Alex schloss die Augen. Auf der anderen Seite der Wohnung saß David auf der Dachterrasse und tat dasselbe. Der Lärm der Klimaanlagen und Autoschlangen brummte herauf in den Tower. Alex lauschte, David lauschte nach innen auf die Musik.

Alex' Fenster war quadratisch, die Wände pfirsichfarben, sie verstärkten die Farbe der Sonne, sodass das Zimmer trotz seiner sterilen Modernität warm wirkte. Es sah aus wie eine Theaterkulisse und klang wie ein Vakuum an Stille – bis er die Tür öffnete und ihr eine Schale Morgenkaffee hereinbrachte.

»Morgen, Alex. Oder vielmehr schönen Tag.«

»Wie spät ist es?«

»Zwei Uhr nachmittags.«

»Jetlag.«

»Ich hoffe, du hast gut geschlafen.«

»Perfekt.«

»Sehr gut. Es wird anstrengend. In zwei Stunden ist Soundcheck.«

Während der Rauch- und Kaffeepausen bemühte sich Alex, die stille, kleine, dunkelhäutige, glatzköpfige Bassistin kennenzulernen, auf die David den größten Wert legte. Ihr gegenüber gab er die Unnahbarkeit und Distanz auf und suchte seinerseits Nähe und ihre Meinung zu erfahren. Bei jedem Auftritt küsste er sie auf die Schulter, wenn sie die Stimme Freddy Mercurys für ihn sang.

In einer dieser Kaffeepausen sagte David: »Wenn ich mal sterbe, könnt ihr beide zusammen auftreten. Alex erbt meinen Künstlernamen und tritt als meine weibliche Reinkarnation auf und du als die Stimme Freddy Mercurys. Wozu brauchen wir Klone?«

Gail sagte wie immer nichts, schaute aber auf zu ihm und ihr, was sie selten tat. Fast immer war ihr Blick auf den Bass gerichtet, und auch wenn sie ins Publikum sah, schien sie nichts zu sehen.

Im *Roseland Ballroom* auf dem Broadway flossen weite wilde und kultivierte Landschaften über die Leinwände. In Wüsten rotierten Windparks, Wasserfälle stürzten, Zeppeline schwebten über Wälle von grünen Wipfeln. Zwischen ihnen glitzerten Sonnenkollektoren. Immer wieder wurde Bowies Konterfei eingeblendet.

Da schlich sich Alex von hinten auf die Bretter.

Selbst Gail fiel auf den Schein herein. Alex betrat statt Bowie die Bühne. Dieselbe Figur, derselbe Gang, während er, vielmehr sie die Stufen heraufstieg, der Gang an den Rand der Bühne.

Das Publikum schrie.

Alex breitete die Arme aus, wie sie es oft auf dem Felsen stehend getan hatte. Bereit zum Sprung. In Tausend Meter Tiefe.

Wäre sie nicht von Scheinwerfern geblendet gewesen, hätte sie die Menge der Köpfe und Arme gesehen, die auf einen Menschen warteten. Den Heiland, der sie aus sich selbst und ihrem Leben führte. Den Führer, das Idol, das Alex jetzt spielte.

Die Videokameras waren mit Bedacht noch nicht eingeschaltet, um ihr Konterfei nicht aus der Nähe zu zeigen. Die Band sah ihren Kopf nur von hinten. Gail war mit den Läufen beschäftigt.

Bowie stand im Hintergrund der Aufbauten. Ruhig und kühl wie immer, wie immer sah man ihm nicht die Spur von Lampenfieber an. Dabei war er vor jedem Auftritt, und waren es doch Tausende, krank vor Lampenfieber.

Als sein Part einsetzte, hörten sie seine Stimme über das Mikrofon, aber Alex bewegte den Mund. Sie stellte sich dicht neben, beinahe hinter Gail, Schutz suchend hinter der gleichaltrigen, aber erfahrenen Freundin. Das Publikum aber glaubte, er flirte mit der Bassistin. Diese bemerkte die fehlende Stimme in der Nähe ihres Ohres und schaute auf. Als sie Alex erkannte, stutzte sie einen Augenblick, ohne dass ihre Finger die Automatik unterbrachen. Die Augen weiteten sich, vor den

Zähnen ging der rote Vorhang vor diebischer Freude auf, Tausende von Menschen genarrt zu sehen. Das Publikum sah sie wie üblich grinsen, wenn Bowie sie neckte oder anflirtete. Schließlich senkte sie den Kopf zum Bass in ihren Armen.

Alex bewegte den Mund übergangslos in den deutschen Part hinein. Für sie war es nur noch ein Öffnen des Rachenraums mit einem Knacklaut. So leicht und einfach ging es, dass sie gar nicht bemerkte, in einen neuen Lebensabschnitt zu treten und die Bühne des Lebens zu betreten, unmerklich für sie selbst wie ihre Geburt, als öffneten sich noch einmal die roten Schamlippen. Doch die roten Gaumensegel, die sich jetzt der Gesellschaft öffneten und ihr entgegenschrien, die waren ihre eigenen.

Das Publikum war verwirrt. Es blieb still in seiner Verwirrung und lauschte.

Bowie betrat die Bühne.

Das Publikum schrie auf.

Sie sangen gemeinsam.

Alex stand dicht bei Gail, die Hand Halt suchend auf ihrer Schulter, David stand am Rand der Bühne. Die Hälfte seines Fußes ragte darüber hinaus. Ein halber Schritt und er wäre auf Ordner und Fans gefallen. Die hätten Prellungen gern in Kauf genommen. »Someone to claim us, someone to follow, someone to shame us, some brave Apollo, someone to fool us, someone like You. We want You Big Brother.«

152 Während sie sangen, näherte er sich ihr, reichte ihr die Hand und zog sie zum Bühnenrand. Mit einem Ruck und einer Drehung riss er sie an sich. Das stach der Masse in die Mägen. Alex prallte mit der Schulter gegen seine Brust und landete in seinen Armen. Die Lautstärke seines Gesangs war ihr jetzt nicht mehr angenehm. Dennoch war sie dankbar, denn auf diese Weise konnte ihre eigene Stimme im Lärm der Instrumente nicht auf Abwege geraten. Sie versteifte den Körper, er kippte sie um, fing sie auf und griff unter ihre Beine. Sie ließ den Kopf

in den Nacken fallen, es sah aus, als wäre ihr Genick gebrochen. Alex lag tot in seinen Armen.

Diese Haltung war angenehm, sie tat dem Rücken gut, stellte Alex fest und hätte fast die Miene verzogen. Das Geländer am Genfer See fiel ihr ein.

Sie schwebte über dem Bühnenrand, tot über dem Abhang, David blieb stehen. Es wirkte, als könnte er sich nicht entscheiden, sie fallen zu lassen. Unter ihm warteten Fans darauf, die Frau für ihn aufzufangen.

Doch er drehte sich um und trug sie von der Bühne.

Er sagte nichts, weil das Mikrofon am Ohr befestigt war. Statt eine Staffel im Hintergrund der Bühne zu überreichen, reichte sie ihm die Hand. Er löste sich von der Stahlkonstruktion und trat aus dem Dunkeln hervor.

Während sie im Zugwind stand, beschlich sie nicht zum ersten Mal die Angst, aus der Menge könnte sich eine Waffe erheben.

***

Sie sah zuerst nur einen Menschenauflauf auf ihn zukommen und wollte vor ihn treten. Als sie erkannte, dass es sich um Journalisten handelte, löste sie sich von seiner Seite, um hinter ihn zurückzufallen. Er drehte sich um und winkte sie heran. Doch als er ihre Miene sah, ging er geradewegs auf die Presseleute zu, während Alex der Meute folgte, weil rechts und links neben ihr stählerne Barrikaden die Flucht verhinderten. Im Hintergrund blieb sie stehen, als David zum ausladenden grellen Sessel geführt wurde, den man für diesen Zweck ins Rund der Kameras gestellt hatte. Er hängte die Arme über die Lehnen, die Zigarette berührte beinahe das schwarze Linoleum. Der graue Rauch schlängelte sich am weißen Hemdärmel hinauf.

Zwei Fragen wurden ihm zum Thema der Songs gestellt. Alex stieg das Blut vor Zorn in den Kopf über dem weißen Kragen über dem schwarzen Smoking und ihre Lackschuhe traten das Linoleum. Als ob gesellschaftliches Engagement nicht neu in seinem Repertoire wäre! Hinter ihren für den Auftritt geweißten Zähnen zischte sie »Scheiß Personenkult.« Es ging im Summen der Laptops und Lampen unter.

»Sie ist eine junge Künstlerin, die ihren Stil sucht und die ich fördern möchte, soweit es in meinen Fähigkeiten liegt.«

Die Journalisten hakten nach und er sagte: »Sie fasziniert mich. Sie erinnert mich an mich selbst. Sie probiert viele Facetten ihrer Persönlichkeit aus. Sie ist noch lange nicht an ihre Grenzen gestoßen. Aber sie sucht.«

»Haben Sie ein Verhältnis mit ihr, David?«

»Ein sehr freundschaftliches.«

»Ist es nicht eine dieser Älterer-Mann-mit-jungem-Mädchen-Beziehung? Es macht Spaß, sie mit um die Welt zu nehmen und ihr Dinge zu zeigen…«

»Es gibt nichts, was ich Alex von dieser Welt noch zeigen könnte. Sie kennt schon alles.«

»David, Sie wissen, worauf ich anspiele.«

»Ich habe keine Ahnung.«

»Melissa, die junge Tänzerin. Nach der Beziehung zu ihr haben Sie genau diese Worte gebraucht, die ich gerade wiederholt habe, dabei waren Sie schon verlobt und es gab Gerüchte, dass Mick Jagger bereits in Mustique bereitstand, um als Trauzeuge zu fungieren. Sie sagten damals, sie hätten nicht wieder heiraten wollen, weil Ihre erste Ehe eine so schmerzhafte Erfahrung war, aber Melissa gebe Ihnen etwas, das Sie nicht besäßen, nämlich eine heitere Lebenseinstellung.«

»Ich *bin* wieder verheiratet. Wäre nett, wenn Sie das berücksichtigten.«

»Verheiratet mit einer Frau, die Sie recht selten sehen, David.«

»Alex besitzt alles andere als eine heitere Lebenseinstellung. Für eine Beziehung wären wir uns viel zu ähnlich. Vor allem aber: Sie unterschätzen Alex. Sie könnte auch allein arbeiten. Oder mit einer anderen Band.«

»Warum tut sie es nicht?«

»Sie weiß noch nicht, wie gut sie ist. Sie weiß noch nicht, wer sie ist.«

»Funktioniert das, ein freundschaftliches Verhältnis zwischen Mann und Frau?«

»Ihre Kolleginnen tun mir leid.«

»Reizt es Sie nicht, wenn Alex Sie schon kopiert?«

»Vor dieser Persönlichkeit hätten sogar Sie Respekt.«

Als Alex bemerkte, dass die Ton- und Bildtechniker und Schaulustige um sie herum sie von der Seite ansahen, verließ sie den Presseraum. Sie wartete nicht, bis David nachkam, den sie jetzt mitsamt allen anderen hasste, sondern fuhr mit dem Yellow-Cab zum Loft, das ihr der Portier öffnete. Sie atmete schwer, als sie sich in den kalten Whirlpool gleiten ließ, der ihr gedemütigtes Gemüt kühlte. Dort fand David sie wenig später.

»Sag mal, was hast *du* eigentlich gemacht, bevor du … Man kommt doch nicht als Rockstar zur Welt!«, fragte sie aus dem Wasser heraus in seinen Hemdrücken. Sie wartete nicht, bis er sich einen Drink eingeschenkt und sich ein wenig erholt hatte.

»Doch. Kommt man.« Er lehnte sich gegen die Anrichte, als spiele er den Star, der vom Himmel gefallen war. »Genau das Image wollte ich errichten. Nichts durfte dieses Image zerstören.« Er trank einen Schluck. »Heimlich bin ich kopieren und putzen gegangen.«

Alex verschluckte sich am Wasser, in das sie bis zur Unterlippe glitt. Sie hob das Gesicht über die Oberfläche und lachte. David leerte das Kristall. Er wartete und sie wartete, dass er sich entfernte, damit sie aus dem Wasser steigen konnte. Schließlich wandte er sich ab, trat ans Geländer der Dachterrasse zwölf Stockwerke über der Central Park West, legte die Hände weit von sich auf das Metall und schaute über die Skyline. Eine Windböe durchwehte Haare und Hemd. Von unten konnte er nicht mehr als ein weißer Punkt in der grauen Masse von Beton sein.

Sie spielten in Houston, Dallas, Nashville, Memphis, Chicago, Detroit, Cleveland, Pittsburgh, Washington, San Diego, Phoenix, San Francisco und wieder in New York. Madison Square war das letzte Konzert und es war das letzte Mal, dass Alex Gail sah.

»Wenn du Langeweile hast oder so, kannst du mich besuchen«, sagte die leise, trainierte Stimme. Bei »oder so« gingen ihre Augen in Davids Rücken, der im Begriff war den Raum zu verlassen.

Die Brücke stürzte nicht ein, keine reißenden Wasser und Schluchten waren zwischen ihnen, wie Nietzsche behauptet hatte, wenn einer die Unnahbarkeit aufgab und den anderen aufforderte, herüberzukommen. Alex nahm das Angebot dankbar an, überschritt die Brücke und umarmte die Frau, vor der sie so viel Respekt hatte.

David wartete draußen. »Wie hast du das geschafft? Die meisten Leute erfahren nicht einmal, wo sie wohnt. Eingeladen hat sie noch niemanden. Nicht einmal mich.«

»Als ob das etwas besagt.«

***

Auch vor dieser Tournee hatte Bowie verkündet, er werde nie mehr auftreten. Die Journalisten kannten das seit Jahrzehnten und niemand hatte mehr daran geglaubt. Diesmal jedoch schrieben sie in den Fachzeitschriften, die sich etwas mehr für die Inhalte als für den privaten Tratsch interessierten: »…Vielleicht ist es wahr. Bowie hat einen weiteren Höhepunkt seiner Karriere erreicht. Und dieser hier klingt, als habe er sein Requiem geschrieben. Bowie ist der einzige Künstler, der gleich zwei Kulturepochen angestoßen hat. Und auch wenn es uns so scheint, unsterblich ist er nicht. Mehr denn je beteuert er, ein normaler Mensch zu sein. Auf seinem Gebiet hat er mit dem wörtlich zu nehmenden Einläuten einer neuen Kulturepoche Unmenschliches geleistet. Es wäre ein genialer Schachzug, wie wir ihn von ihm kennen und erwarten, wenn er sich mit diesem Höhepunkt das eigene Grab schaufelte. Wenn er, wie alle Jahre wieder, dieses neue Album nutzt, um all die alten wieder herauszubringen, werden wir es ihm nicht nur verzeihen, sondern uns darauf freuen.«

Alex las die Spalte im *Rolling Stone Magazin*. Atemlos blickte sie auf das Plaza Hotel, in dem Bowie Zanetta seine übermenschliche Karriere angekündigt hatte. Was hatte sie jetzt angestellt? War sie dafür verantwortlich? Wenn ja, dann musste sie diese – es klang wie eine Prophezeiung – umbiegen. Wessen machte sie sich schuldig? So war das mit dem neuen Zeitalter nicht gemeint!

Wenige Stunden später berichtete eine Tante von David der Presse, Davids Bruder habe Selbstmord begangen. David hätte seinen Bruder noch einmal in der Klinik besucht und ihm versprochen, sich um ihn zu kümmern. Das habe Terry Auftrieb gegeben. Vergeblich habe er dann auf David gewartet.

Seit seiner Krankheit hatte David sich von ihm abgewendet und er würde auch nicht zur Beerdigung fliegen. Die für heute Abend angesetzte Abschiedsparty, die das Bowie-Team traditionell *das letzte Abendmahl* nannte, wurde von Coco jedoch abgesagt.

***

»Man muss die eigene Existenz infrage stellen, und wenn man das tut, bleibt man mit einer ungeheuren Einsamkeit zurück. Ich sagte mir: Wer weiß, vielleicht werde ich auch noch wahnsinnig, wenn es schon in der Familie liegt. Aber dann spürte ich immer dieses im Grunde widerwärtige Verlangen, mehr als nur ein Mensch zu sein. Als Mensch fühlte ich mich ganz, ganz klein. Ich dachte, verdammt, ich will Superman sein!« Alex schloss das Buch. Obwohl sie allein im Zimmer war, versuchte sie kein Geräusch zu verursachen. Sie saß auf dem Kopfkissen, den Rücken gegen die pfirsichfarbene Wand gelehnt, versuchte sie als Nächstes Nietzsche zu lesen und wartete darauf, dass sie nach Hause flogen und sie sich in den Bergen verkriechen durfte.

Es ging nicht. Sie versuchte es mit Siegmund Freud und scheiterte schon im ersten Absatz von *Das Unheimliche*. Sie schlich in die Küche und presste unter Getöse einen Kaffee. Durch die Tür sah sie ihn zurückgelehnt im antiken englischen Sofa sitzen, den Kopf auf der Lehne, die Arme von sich gespreizt, die Augen geschlossen. Keine Musik füllte den Raum. Er saß so tief im Inneren, dass weder der Verkehr der Central Park West noch der Wind durch die geöffnete Glastür zur Terrasse zu hören waren. Er schuf ein Vakuum an Stille um sich herum. Sie trat hinter die Sofalehne und beugte sich über sein Gesicht, konnte es, weil seine Lider geschlossen waren. »Willst du Kaffee?«

Er öffnete die Augen, Alex wollte zurücktreten, aber er hob die Hand vom Sofa und versuchte sie zu erreichen. »Bleib hier, bitte.«

Hatte er den Tonfall so lange geübt, bis er ein Bowiemesser war, das er seinem Gegenüber ins Herz stoßen konnte?

Er redete nicht, nicht wie damals mit Zanetta. Davids Karriere war beendet. Sein Alter Ego saß neben ihm. Sie sahen zu, wie der Morgen über dem sterbenden Manhattan aufging. Sie hörten die Vögel im Central Park aufwachen. Als der erste Sonnenstrahl das silberne Essex Building zum Glitzern brachte, schlief Alex ein.

»Du lebst weiter«, sagte er und griff nach der schottischen Decke, deckte sie zu und lehnte sich zurück, damit sie bequemer auf seiner Brust schlafen konnte. Der Druck, die Last tat gut.

158

***

Am Abend danach zog er sich zurück und war nicht mehr zugänglich. Sie wehrte sich gegen das Mitleid, auch versuchte sie erst gar nicht zu lesen, sondern wollte ihren Aufenthalt in New York nutzen. Sie besuchte Brian Eno, Davids langjährigen Freund und Produzenten, und bat ihn, von seiner Filmmusik aufzulegen.

Sie saß auf Brians Couch, sah aus wie David, wenn er allein und unglücklich war. Brian, der David seit ihren Zwanzigern in der Künstlerkommune kannte, war einer der wenigen, die ihn um seiner selbst willen meinten.

Die Ähnlichkeit wurde ihm unheimlich. Das war keine Show mehr. David hatte immer von einem Alter Ego gesprochen, aber das war doch wohl im Freudschen Sinne gemeint. Auch von Reinkarnation hatte er gesprochen, aber das war im buddhistischen Sinne gemeint. Und wenn nicht, dann drückte es die Hoffnung aus, etwas Bedeutendes und Bleibendes für die Nachwelt zu schaffen und sich auf diese Weise unsterblich zu machen. Deswegen hatte er sich wohl auch sechs Kinder gewünscht.

Brian saß vor dem Phänomen Alex, bis ihm auffiel, dass er nur an David dachte. Schuldbewusst begann er, sich Sorgen um Alex zu machen. Aber anfangen konnte er nichts mit ihr.

»Komm, wir gehen auf eine Party«, schlug er vor und stand auf.

»Wohin denn? Ich bin nicht richtig angezogen. Was sollen die Leute von mir denken, falls sie wissen, wer ich bin?«

»Willst du nicht endlich den *Marathon-Mann* kennenlernen?«

»Nicht nötig.«

»Stella McCartney wirst du auch sehen.«

»Ich hab' das Kleid nicht an, das sie mir verkauft hat. Lass uns nur etwas frische Luft und Stille ...«

»Es wird keine laute Party werden. Die meisten befinden sich in gesetztem Alter.«

Alex ließ sich hochziehen und durch die Gassen zwischen den Backsteinhäusern und den schmiedeeisernen Zäunen vor den Miniaturgärten im West End schleifen.

Brian stellte Alex dem kleinen Mann vor, dessen Lauf sie um die Fountain im Central Park gefolgt war. Atemlos wie er hatte sie die Finger in den Maschendraht gekrallt und den Blick auf die Gebäude der Central Park West gerichtet, nach Flucht und Lösung suchend, lange, bevor sie dort eingezogen war. Hoffman schaute zu ihr auf und spiegelte Alex' Mimik und Melancholie, noch bevor er sie nach dem Grund fragte. »Du musst was trinken.« Er rannte durch die Küche hinter einem Drink her wie hinter Robert Redford durch die Redaktion der Washington Post, um die Watergate-Affäre zu klären. Wider Willen gingen Alex' Zähne auseinander. Ihr Herz hüpfte und ihr Gehirn begann zu rattern. Zähne, Diamanten, Folter, Fountain, Genfer See, Spree, in der Mitte entspringt, ruht, Bruder, Blackfoot, Alter Ego, Alter, dritte Zähne, Diamanten. Dustin hatte es mit wenigen Gesten geschafft, sie zum Lachen und zum Leben zu bringen. Im Verlauf des Abends gaben sich die beiden »die Kante«.

Morgens um sieben war die Welt fast in Ordnung. Sie joggten um die Fountain und enterten ein Frühstückslokal auf der Madison Avenue.

»Dustin?«

Er kaute Rührei.

»Du hast mit Robert Redford zusammengespielt.«

»Hmm.«

»Als er anrief, um dich zu fragen, ob du die Rolle willst, hast du gesagt: Ich hab mich schon gefragt, ob du gar nicht mehr anrufst.«

»Hmm.«

»Er engagiert sich für ökologische Nachhaltigkeit.«

»Das ist gerade hip in Kalifornien.« Rührei fiel von der Lippe, er beugte sich über den Teller.

»Er hat viel früher damit angefangen. Er hat schon als Kind darunter gelitten, dass sie das bis dahin herrliche San Fernando Valley zubetoniert haben.«

160 »Du bist gut informiert.« Er verbrannte sich an einem Schluck Kaffee.

»Er meint es ernst.«

»Ich weiß.«

»Ich auch. Ich meine, ich meine es auch ernst.«

»Hat man auf der Bühne gehört.« Er stopfte eine Gabel Mashed Potatoes in den Mund.

»Ich möchte ihm ein Drehbuch auf den Leib schreiben.«

»Wem?«

»Robert Redford.«

»Und ich?«

»Nein.«

»Na schön. Aber beeil dich.«

»Warum?«

»Er ist nicht mehr der Jüngste.«

»Das scheint mein Schicksal zu sein.«

»Wie meinst du das?«

»Vergiss es.«

»Verstehe.« Er legte die Hand auf ihre, bevor er wieder zur Gabel griff.

»Drehbücher schreiben kannst du also auch.«

»Ich weiß nicht.«

»Dir trau ich alles zu. Gib es mir, ich schicke es ihm in den Canyon.«

»Was?«

»Das Drehbuch. Was sonst?«

»Canyon?«

»Er wohnt in Utah. In den Wasatch Mountains.«

»Hätte ich mir denken können.«

»Wo wohnst *du* eigentlich?«

»In der Schweiz. In den Alpen.«

»Hätte ich mir denken können.«

»Ich mag dich.«

»Ich dich auch.«

»Ich sag so was sonst nie.«

»Passt zu dir.«

Sie atmete nur noch wenige Stunden den New Yorker Geruch und lauschte dem Stau.

Danach war nichts mehr zu hören.

Blonay

Alex wälzte sich im Bett. Zu ungewohnt war es, wieder allein in der Stille zu schlafen. Der Jetlag kam hinzu, die Ereignisse, die Nächte, die sie auf oder hinter der Bühne verbracht hatte und die immer bis zum Morgengrauen dauerten, weil jeder zu überdreht war, um schlafen zu gehen.

Als um die Mittagszeit ein Helikopter auf dem Grundstück landete, lagen Alex und David noch in den Betten am Bachlauf in den Bergen über dem silbrigen Genfer See. Die einzigen Geräusche rührten von Kuhglocken und Zikaden her. Die Medien sprachen wieder einmal vom Jahrhundertsommer. Die Sommer wurden wärmer … die Winter ebenfalls. Die übriggebliebenen Bauern klagten über zu wenig Regen, die Almen wurden braun und konnten gemäht werden. Es würde in dem Moment regnen, wenn die Heuernte eingefahren werden sollte, prophezeiten sie. Ob Missernten und Konkurrenzdruck die Kleinbauern hinderten oder bewegten, auf ökologischen Landbau umzusteigen? Die Schweizer Regierung förderte den Wandel. In der EU unterlag der teurere ökologische Landbau, solange die Landwirtschaft insgesamt subventioniert wurde, ohne Ansehen, ob sie nachhaltig betrieben wurde oder nicht. Alex informierte sich im Internet über die Zusammenhänge, die da draußen vor ihrer Haustür passierten, während sie mit einer Tasse Kaffee im Bett saß. Lange geschlafen hatte sie nicht. Erst als der Morgennebel vom Tal heraufgezogen war, hatten sie und David es aufgegeben, sich immer wärmer anzuziehen. Sie waren ins Bett gegangen. Der erste Sonnenstrahl berührte die Fels-

spitzen, bald streifte er den Balkon vor Davids Schlafzimmer. Alex'
Zimmer lag zur anderen Seite, es war dämmrig dort. Der Nebel kroch
mit einem süßen Duft von gemähten Wiesen ins Fenster, als sie sich
Kaffee holte und den Computer anwarf. Der Heli übertönte das Summen des Laptops und zerstörte die Ruhe im Tal.

Flog im Winter ein Helikopter über die Berghänge, kostete die
Flucht über den Hang bei hohem Schnee Hirsch, Reh oder Gämse
so viele Kalorien, dass sie eingingen. Alex versuchte David und Mick
davon zu überzeugen, auf die krassesten Umweltsünden zu verzichten,
aber Mick ließ Alex abwägen, wie oft sich denn die Freunde sehen
dürften. Die Reise mit Flugzeug und Auto vom Flughafen bis Blonay
lohnte sich nicht für einen kurzen Aufenthalt.

»Dann bleibt doch da«, hatte sie gesagt – und als Einzige gelacht.

Alex schlug auf das Kissen, als der Heli die Fensterscheiben erzittern
ließ, obwohl es um diese Jahreszeit genug zu fressen für das Rotwild
gab. Die Bauern klagten über Verbiss. Aber auch das war nur eine
Folge davon, dass das natürliche Gleichgewicht in Unordnung geraten war. Alex speicherte ab, schlug die Decke vom Rücken, rannte die
Treppe herunter, um die Verandatür zu öffnen, Mick hereinzulassen,
glücklich ihn wiederzusehen, froh, dass er das Haus belebte, wo Terrys
Tod noch lange lastete.

Seit Mick am Morgen ihres Arztbesuchs bei Dr. Martin verschwunden war, hatte sie ihn nicht mehr gesehen. Auf keiner Etappe der
Tournee war er erschienen, sodass er für sie fester Bestandteil der
Enklave in den Bergen blieb. All den Menschen gegenüber, denen
David sie vorgestellt hatte, die auf den Konzerten erschienen waren,
die neugierig auf Alex gewesen waren, hatte sie nie erwähnt, dass sie
Mick kannte, obwohl sie gerne gewusst hätte, wo er war, ob sie ihn
gesehen hatten, warum er nicht kam. Aber dann wäre er nicht mehr
geheime Heimat.

Breit grinsend begrüßte er sie mit »Hi, Kollegin«. Es versetzte ihr
einen Stich vor Stolz. Stolz, für den sie sich schämte. Verlegen grin-

send senkte sie den Kopf dicht vor seinem Ledermantel. Er packte den Schopf, steckte ihn unter das Revers und drückte ihn an seine Brust. In der Dunkelheit beim Klopfen versuchte Alex zu erfühlen, ob er sich anders anfühlte oder sie. Er drückte seine Nase in ihre Haare, nahm einen Zug von ihr, dann spürte sie, wie er den Kopf in den Nacken legte. Als sie unterm Leder zu ersticken drohte, wühlte sie sich aus Mantel und Händen. Er hatte die Augen knapp unterm Himmel geschlossen und lächelte. Zerknittert schaute er aus. Der Aufenthalt zwischen Marokko und Montreux in einem Londoner Hotel musste anstrengend gewesen sein. Das hielt ihn nicht davon ab, Alex hochzuheben wie Hanteln oder sein jüngstes Kind. Sein Mantel war kalt vom Wind der Rotorblätter und ebenso die Haare, in die Alex ihre Nase steckte. Im Gegensatz zu Davids rochen sie nie nach Rauch. Jeder der Männer hatte sich genau die gegensätzlichen Laster abgewöhnt. David die wechselnden Frauen, Mick das Trinken und Rauchen.

»Mick, du riechst nach Chanel N°5.«

»Oh, sorry. Ich gehe gleich duschen.«

Er löste den Kopf aus ihrer Umarmung. Die Zikaden schrien im Chor.

»Mick, du weißt, dass wir im Zeitalter von Aids leben?«

»Es ist mir schmerzlich bewusst, Kleines.« Er atmete ein und drückte das Kinn auf Alex' Brust. »Mach dir mal keine Sorgen, Kind.«

»Goethe hat auf seiner Italienreise geschrieben, wie er die Italienerinnen liebe. Er würde ja noch viel mehr, wenn es die Syphilis nicht gäbe.«

164

Mick lachte, Alex fuhr fort: »Er pflegte mit den Fingern auf den Rücken der Frauen den Hexameter zu trommeln.«

Mick lachte lauter. »Du legst mich bei den alten Griechen ab, nachdem du mir den Rock 'n' Roll weggeerbt hast?«

»Mach keine blöden Witze. Hast du das Stone Magazin gelesen?«

»Sicher. Und mit David telefoniert. Wegen seines Bruders. Aber er redete lieber davon, wie stolz er auf dich ist.«

»Aber es klang in den Medien so, als ob er aufhörte und ich wäre vielleicht schuld daran.«

»Von dir und Schuld hat niemand geredet, meine Liebe, das hast du selbst zwischen den Zeilen gelesen.«

»Wird er aufhören?«

»Frag du ihn doch. Du stehst ihm näher als ich.«

»Was?«

»Na was?«

»Das ist doch Unsinn.«

»Meinst du.«

Er ließ sie über Brust und Bauch herunterrutschen und trommelte das griechische Versmaß auf ihren Rücken.

Er verzichtete auf Mate, trank aus Solidarität mit Alex Kaffee, verlangte danach Champagner, um auf ihren Erfolg anzustoßen.

»Mick.«

»Was, Kleines?«

»Es würde mich umhauen vor Stolz, wenn du mit mir auf meine *Texte* anstößt. Der Erfolg bedeutet mir nichts.«

»Dummes Gerede. Deine Texte sind ein Geniestreich. Was hast du gegen die Lorbeeren? Das Publikum erweist dir den gebührenden Respekt!«

»Das hast du Keith auch gesagt und dir den Orden anhängen lassen.«

»Charles hätte ihn lieber Keith ans Totenkopfhemd geklebt. Aber das hat er nicht gewagt. Musste ja fürchten, dass Keith ihn vor versammeltem Hofstaat auslacht.«

»Meinst du das ernst?«

»Charles ist mit uns aufgewachsen. Manchmal hätte er auch gern Mauern eingerissen.«

»Die von Buckingham?«

»Klar.«

»Was hat das mit Keith zu tun?«

»Den bewundert Charles für seine Kontinuität und Konsequenz.«

»Damit kannst du ja nicht dienen.«

»Fang du nicht auch noch damit an.«

»Du bist enttäuscht von Keiths Reaktion, oder?«

»Aber nein, die kannte ich ja.«

»Warum hast du dann gesagt: ›Ich hab's auch für dich getan.‹«

»Weil ich ein Idiot bin.«

»Ach Mick!«

»Ach Alex.«

»Sag doch gleich, du redest nicht vertraulich mit mir.«

»Tu ich ja. – Na schön. Viel mehr getroffen hat es mich, dass Marianne mich einen Verräter genannt hat. Weißt du, wer wen Verräter genannt hat?«

»Nein, wer?«

»Marc Chapman John Lennon.«

»Oh.«

»Genau. Ich habe sie geliebt, weißt du?«

»Warum habt ihr euch getrennt?«

»Sie war mit einem Toten verheiratet. Dem Mann, der vor mir die Rolling Stones geführt hat.«

Ein Stück Eis brach im Kühler. Die Silberwände verstärkten den Laut. Mick zog die Flasche heraus, trocknete sie nicht ab, sondern warf das um die Flasche geknotete Tuch fort und goss ein.

»Ich hab den Ruhm nicht angestrebt wie David, Kleines. Denk das nicht. Aber du solltest nehmen, was kommt.«

»Ich will einfach nur …«

»Ich wollte auch einfach nur Musik machen und geliebt werden.«

Er verschüttete Champagner über dem Mantel, schlug die Flüssigkeit ab und zog Alex zu sich, um sich dem Ritual der Verbrüderung zu widmen. Als sie angestoßen hatten, stülpte sich sein Mund über den ihren. Er zog sie auf die Liege auf der Veranda in der Mittagssonne und steckte sie unter seinen Mantel. Sie kuschelte sich unter sein Kinn. Sie hoffte, die Zeit bliebe stehen.

Gegen ihren Wunsch hörte sie, dass sich die Richtung, aus der die Kuhglocken schallten, änderte und auch die Sonne wanderte ums

Haus und verschwand hinter den Wolken. Sie waren aus dem Nebel über dem Genfer See auferstanden.

**

Sie wollte nur mal eben leise an die Treppe treten und schauen, ob sie vielleicht gerade störte.

Sie störte.

Die beiden sonnten sich im Schein der Leselampe, sonst war es dunkel im Raum. Alex dachte an den Spot auf der Bühne. Alles ähnelt einander. Und doch ist alles anders. Der Bühnenspot war weiß, machte ungeschminkte Häute blass. Dieser hier tauchte die Haut zweier Männer in Gold. David lag mit dem Rücken zu ihr. Sie stand auf der Treppe wie auf der Empore oder gar in der Königsloge im Konzerthaus. Unten auf der Bühne der Rücken aus *China Girl*. Nur war der Partner darunter männlich. Die übertrainierten Muskeln und Sehnen zeichneten sich unter der Haut ab.

Adrenalin spritzte in Alex' Blutbahn, sie sank auf die oberste Treppenstufe und lehnte sich gegen das Geländer. Wärme, Hitze, Erregung und Neid pulsierten und stachen in verschiedene Stellen ihres Körpers. Sie sah und fühlte die Zärtlichkeit und Sicherheit dieser Hände.

Alex blieb zu lange. Sie redete sich ein, die Stufe knackte, wenn sie aufstände. Auch erführe sie nie, ob das, was auf dem Teppich geschah, so romantisch war wie das, was sich im Sand des Videoclips abgespielte, und das, was am Strand ihres Traumes passierte. Oder ob die Realität so enttäuschend war, wie sie sie kannte.   167

David fühlte Mick erstarren. Er hob den Kopf, sah, wohin Micks Blick ging, und drehte sich mit einem Ruck um wie in *China Girl*, als sich das Kameraauge auf ihn richtete.

Alex zog sich am Treppengeländer hoch. Weil beide Männer nur lagen und starrten, hoffte sie, einfach entwischen zu können.

»Bleib stehen! Komm her!« Sein Finger wies auf den Boden vor ihm.

Eine Sekunde lang hatte sie ein Gefühl von Macht. Sie stand, er saß und er war nackt. Sie setzte sich und er holte sich die Macht zurück.

»Warum tut sie das, David?« Mick wurde das Schweigen zu lang.

»Beim Betrachten von Bildern, Landschaften und uns kann sie fühlen. In der Nähe von Menschen nicht.«

Seine Worte platzten präzise in die knappe Zeit zwischen Ablegen und Anlegen der Kleider, der Rollen, der Mauern. Die Tränen ergossen sich über ihre Lidränder.

»Sie müsste in ein Risikounternehmen investieren und könnte enttäuscht werden. Deswegen, Mick.«

Mick hielt die Quälerei der Schwächeren nicht aus, packte sie und zog sie in seinen Schneidersitz.

»Hab ich dir schon mal gesagt, dass dein Butler pervers ist, Dave?«

»Ich glaub schon.«

»Schön pervers.« Er drückte sie an seine faltige Brust, wühlte die Lippen durch ihre Haare und küsste sie aufs Ohr, damit sie sich ausweinen konnte.

Gstaad

Alex sah aus, als dinierte sie täglich im Palace Hotel und erklömme Berggipfel per Helikopter, aber die Lust des Lebens zog sie daraus, dass sich unter dem langen Kleid Kratzer auf den Knien versteckten. Mick stellte das Champagnerglas auf der antiken Anrichte ab, als sie die Treppe hinabstieg. Eine Hand streifte das Geländer, die andere trug einen Zipfel des Kleides, damit sie nicht stolperte. Jagger trat auf die Treppe zu, um ihr die Hand zu reichen. Der Stoff seines Anzugs raschelte. Alex meinte sogar seine Haarlocken über den Stoff auf seinen Schultern streichen zu hören, als er ihr den Arm bot. David öffnete ihr die Wagentür. Er fand es unpassend, sie im Abendkleid chauffieren zu lassen und so setzte sich Mick ans Steuer, denn David konnte wegen der Sehschwäche nicht fahren. Sie fuhren früh los, um den Sonnenuntergang auf dem Pass zu erleben und die letzten Strahlen auf dem ewigen Eis der Les Diablerets.

Vom Genfer See und dem Tal herauf führten steile, enge Serpentinen durch die warmen Weinhänge. Die Reben waren abgeerntet, nackt standen sie auf brauner Erde. Still und sanft war die Nachmittagsstimmung. Alex kuschelte sich in die Herbstsonne, die ihre Knie unter dem Stoff erhitzte.

Doch als sie auf dem Pass ausstieg, ergriff sie der Wind und kühlte in Sekunden den Satin um Brust und Rücken. Sie stand zwischen den Männern und atmete schwer über den Blick von über 2000 Metern in die Tiefe des Tales. Es störte nur die Straße. An ihrem Rand reckten Reben ihre verkrüppelten Finger dem Kleid entgegen.

»Sollen wir beim nächsten Neuschnee Ski fahren?« David schaute über Alex' Kopf hinweg Mick an. Der antwortete leise und trocken, als hätte er ein zweistündiges Konzert hinter sich gebracht: »Wenn du nicht bald mal nach Hause fliegst, brauchst du gar nicht mehr nach Hause zu kommen.«

»Seit wann bist du besorgt um meinen Familienfrieden?«

»Ich bin eben ein echter Freund.«

Er schien sich zu bemühen, seine Whisky-Stimme aufzuhellen. Alex hoffte, es käme nicht gerade jetzt wieder zum Streit. Sie ging zum Wagen zurück, warf den Mantel über, raffte Mantel und Kleid, zog die Schuhe von den Füßen und erstieg barfuß einen Felsen. Die Männer sahen ihr nach. Oben angekommen fegte der Wind vom Gletscher herunter um die weiße Gestalt. Trotz der Kälte breitete sie die Arme aus. Wie der Friedensengel wehte und herrschte sie über die Landschaft.

»Was glaubst du, warum ich in letzter Zeit so oft herkomme?« knüpfte Mick an das Gespräch, während er den Friedensengel ein paar Meter über sich im Wind betrachtete.

»Weil die Nächte in London so enttäuschend sind?«

Ein stoßweises Ausatmen sollte einen Lacher markieren. »Glaubst du, ich sammle Flugkilometer just for fun?«

»Wegen Alex oder meinetwegen?«

»Euch beiden.« Die Stimme knisterte vor Trockenheit. Wenn er auch ohne Mühe dieselbe Tonlage erreichte, faszinierte es David.

»Erstaunlich für eine Frau, nicht?«

Mick nickte. »Tolles Gefühl, von einer Frau gemeint zu sein. Hätte nicht gedacht, dass ich das noch erlebe. Muss toll sein von einer *Frau geliebt* zu werden, die einen meint.«

Die Limousine kroch den Asphalt zwischen den Schneewällen hinan, um den Hügel zu erklimmen, auf dem das Schloss aus hellgrauen Quadern stand. Der Baumeister schien im Konkurrenzkampf mit dem Gletscher gearbeitet zu haben. Als habe er beweisen wollen, dass Menschenhände etwas so Machtvolles erschaffen konnten wie die Natur. Es war ihm fast gelungen.

Auf beiden, dem grauen Eis und dem Bau in gleicher Farbe, lag ein rosarotes Nachmittagslicht, das einerseits die Erhabenheit der ungleichen Nachbarn verstärkte, andererseits aber alles verniedlichte, als stände das Ganze in Disneyland.

Mick fuhr nicht auf den Parkplatz, sondern vor die Freitreppe des Palace Hotels von Gstaad. Ein Livrierter öffnete David und Alex die Tür, ein anderer nahm Mick den Schlüssel ab, an dem ein Werbeanhänger von Alex' erster und einziger Tournee hing. Die Herren reichten ihr die Ellenbogen, um sie die Freitreppe heraufzuführen. Alex nahm angesichts des unebenen Bodens dankbar an. Oben drehten sich die goldgefassten Türen und ließen Gäste und einige Journalisten aus. Zunächst waren sie mit anderen Themen beschäftigt, dann stutzen sie und blieben stehen. Alex zog die Arme aus den Ellenbogen der Prominenz, um zurückzubleiben.

»Du willst wohl nichts mit uns zu tun haben, was?«, zischte Mick.

Nach einem Blickwechsel mit den Prominenten stellten sich die Journalisten zu den anderen Gästen und taten so, als redeten sie mit ihnen. Sie wichen zur Seite, bildeten eine Gasse und die Pagen setzten für Alex die Drehtür in Schwung, damit sie das Gewicht nicht stemmen musste.

In der Marmorhalle empfing sie der dritte Livrierte und nahm ihnen die Garderobe ab. Alex glaubte, den jungen Mann an seinem kastanienroten Haar wiederzuerkennen. Bei einem früheren Besuch in Gstaad war ihr beim Anblick seines Gesichts und seiner Dienstbeflissenheit der Songvers eines Stars ihrer Heimat eingefallen: »Und ich dein Liftboy, jung und weich«.

Alex wartete nicht auf David und Mick, sondern schritt durch die Bar. Gleich einem verirrten Vogel steuerte sie dem Licht und den großen Scheiben entgegen und auf der anderen Seite des Gebäudes wieder hinaus auf die Sonnenterrasse und die Plattform für Hubschrauber und Heißluftballon. Fauchend wurde einer zum Start vorbereitet.

Die Männer folgten ihr mit ausholenden Schritten und stellten sich neben Alex ans schmiedeeiserne Geländer. Der Nachmittag war kühl, die Teezeit vorbei, niemand saß an den Tischen.

Alex schaute dem Treiben unter der Terrasse zu. Der Ballon blähte sich, passte sich den blauen Himmelsflecken an und stach von weißen Gipfeln und Wolken ab. Neben dem Korb standen junge Männer in goldgeknöpften Anzügen. Sie schienen einem Internat entlaufen zu sein. Einem von ihnen flammten sie die Nackenhaare an. Alex wollte schon hinunterrennen und ihn vor der Dekadenz der Mitschüler retten, doch David erklärte, es handle sich um einen Jungfernflug. »Reichlich spät am Tag.«

Der letzte Helikopter, der noch Skiläufer auf den nahen Gipfel gebracht hatte, kehrte zurück. Alex sah die Skifahrer als Punkte den Hang herabschwingen. Sie steuerten auf eine Felswand zu, die durch ein Schneebrett getarnt war. Skifahren konnten sie, aber wenn sie nicht frühzeitig abschwangen, stürzten sie Hunderte Meter in die Tiefe.

Einer der jungen Männer am Ballon merkte auf und zeigte auf den Berg. Alle hielten inne. Noch wenige Hundert Meter, aber die Punkte bewegten sich weiter, ohne die Geschwindigkeit zu vermindern. Noch wenige Meter. Die Zuschauer holten Luft und unterdrückten kaum ihren Impuls zu schreien, um die Abfahrer zu warnen. Doch lieber sahen sie sie stürzen als sich lächerlich zu machen. Auch nützte das Schreien nichts, sie waren viel zu weit weg, die klare Luft und die fehlende Erde zwischen ihnen und den Skifahrern gaukelte eine kurze Distanz vor.

Inzwischen war einer der Skifahrer am Größenunterschied und an der roten Farbe des Anoraks als Frau zu unterscheiden. Sie war es, die plötzlich die Ski herumriss und derart abrupt bremste, dass sie verkantete.

»Wenn sie den Druck auf die Kanten verliert, ist sie tot«, hechelte ein junger Mann dicht unter der Terrasse. Den Ballon hatten sie vergessen. »Wenn sie fällt, rutscht sie einfach über das Schneebrett hinaus«, kommentierte ein anderer.

Die Frau fing sich, blieb stehen und hob sogleich die Arme, um den

Mann zu warnen. Der näherte sich vorsichtig und kam über ihr zum Stehen. So verharrten sie und wussten offenbar keinen Ausweg. Die jungen Leute begannen, sich zu langweilen. Im Film hätte es jetzt den nächsten Shot gegeben. Der eine machte sich am Ballon zu schaffen, doch ließ er es wieder bleiben, weil die anderen die Blicke unter dem Gletscher hielten und auf die Katastrophe warteten.

Langsam, nach der nächstmöglichen Stelle, die einen besseren Überblick versprach, Ausschau haltend querten die Skifahrer den Hang. Schließlich fanden sie eine geeignete Abfahrt in einer Bergfalte, die im Schatten lag.

Die Hotelgäste atmeten auf. Alex drehte sich um und schlug die Augen zum Himmel auf. Über ihr in den Fenstern und auf den Balkonen verfolgten Gäste das Geschehen mit Ferngläsern. Zwei schauten mit Champagnergläsern in den Händen zu.

Innerhalb weniger Minuten fuhren die Skifahrer ins Tal. Als sie einige Zeit später im Hotel ankamen, wurden sie mit Applaus begrüßt.

»Ihre Minute des Ruhms. Im Palace Hotel sitzen Sie in der ersten Reihe«, kommentierte Alex, aber niemand außer David verstand Deutsch. Er legte die Hand auf ihre entblößte Schulter. »Ein paar Leichen heute Abend. Ich seh' sie schon an den Handys hängen.« Alex drehte sich aus seinem Griff und schritt frierend ins Schloss. Die Pagen zogen die Glasfront zu. Die ersten Nebel wallten vom Tal herauf und drohten die Bar zu erschleichen. Um der Natur die Kunst entgegenzutragen, klingelte der Champagner auf Eis, während er in der Couchecke serviert wurde. Ein letzter Sonnenstrahl legte sich auf Davids Gesicht. Er schloss die Augen, legte den Kopf auf die Lehne des Sessels, die langen Finger auf die Armlehnen, von denen bald ein Rauchfaden aufstieg. Mick betrachtete ihn. Alex schaute zu dem Mann an der Bar hinüber, dessen Wappenknöpfe auf dunkelblauem Jackett im untergehenden Licht glitzerten. Alle anderen Gäste machten sich zum Diner im Rittersaal bereit. Alex richtete ihre Ohren unter die Stuckdecke, aber sie hörte die Duschen und Haartrockner nicht rauschen. Sie hörte den Mann an der Bar dem Mixer erklären, er möge das Eis im Alkohol tränken, den Alkohol fortschütten, um mit frischem aufzufüllen. Alex glaubte, auch diesen Typ schon gesehen zu haben. Aber es konnte in Davos gewesen sein, in jenem Lungen-Kur-Hotel, das es schon zu Thomas Manns Zeiten gegeben hatte. Es gab sie überall, diese Typen. Sie wandte sich David zu. »Woran denkst du?«

»An dich. Wir sollten nach New York gehen. Es gibt da zwei Arten, eine Straße entlangzugehen. Man möchte erkannt werden oder nicht. Das Einzige, was die Leute sagen, ist: ›Hi Dave, wie läuft's denn so?‹ Es ist sehr nachbarschaftlich. Dort regen sich die Leute nicht so auf wie woanders, wo man ein Auge auf die Stars hat. Da läuft einem Al Pacino über den Weg oder man sieht Joel Grey beim Joggen. Man kann einfach alles machen, es ist großartig.« Er trank einen Schluck Champagner. »Wir tarnen Mick mit Sonnenbrille und Schal vor seinem Breitmaul und dann gehen wir mit Lexie im Central Park spazieren.«

Vertikale Falten stellten sich in Micks Gesicht auf die horizontalen. Aber Alex ging sogleich mit auf den Treck und malte sich die passenden Bilder aus. Eines Tages stromerten sie zu viert durch den Park. Sie ließen das Herbstlaub mit sechs großen und zwei kleinen Füßen aufstieben. Die Sonne glitzerte auf dem mittleren See, den sie mit dem Marathon-Mann umrundet hatte. Alex würde sich erinnern, aber Lexie würde aufgekratzt vom Rennen, von Herbstluft, vom stiebenden Laub und vom Toben mit Mick und David vorausrennen. Alex hörte ihre hohe Stimme schreien. »Mick!« Eine ungebändigte Kinderstimme. »Komm schon, komm doch!« Schritte holten aus, der Mann im Mantel folgte. Seine Sonnenbrille spiegelte den See und die Herbstbäume. Sie rannten an der Fountain vorbei, den Beverly Drive hinunter, die Uferstraße in Montreux entlang, den Strand entlang, durch Städte und Länder. Micks herausgestreckte Brust verriet, wie wohl er sich fühlte. Alex überprüfte ihren Eindruck, indem sie ihm von der Seite unter die Brille linste. Die Krähenfüße waren zum Schelmenlachen vertieft. David lächelte still. –

Tränen kitzelten. Alex fiel ein, dass sie geschminkt war. Sie zog ein Taschentuch und tupfte, statt zu wischen. Ihre Linsen schauten aufwärts zu Mick und David. In Wirklichkeit lächelte weder der eine noch der andere.

Mick rutschte in seinem Sessel hinunter, seine Beine ragten in den Raum. »David, what shall we do?«

Alex kicherte angesichts der Ratlosigkeit, die doch wohl gespielt war. David liebte es, von Mick zitiert zu werden.

»Worüber reden wir?«, sagte Mick. »Bei euch weiß man nie, mit wem man gerade spricht.«

»... sagte John Lennon über David«, sagte Alex.

»Ablenken, Ausweichen«, erklärte David Mick, »Annähern und Ausweichen.«

»Und wann bringen wir's endlich mal auf den Punkt?«

David stand auf, zog Alex hoch und flüsterte ihr ins Ohr: »Give me your hands. You're not alone.«

Der Mann an der Bar drehte sich auf dem Hocker um. Mick gab einen Zischlaut von sich und fing den Blick des Mannes ein. Als dieser Jaggers Gesichtsausdruck sah, drehte er sich zum Panoramafenster.

Der dritte Mann

Mick trank zu viel an diesem Abend. Also setzte sich Alex wieder ans Steuer und er sich neben sie nach vorn. Statt des Lenkrads nahm er ihren Nacken in die Hand. »Wen willst du, Kleines? David, mich oder uns beide?«

Alex entledigte sich der Hand, indem sie sich nach vorn beugte und den Motor zündete. Der Motor lief bereits. Sie verzogen die Gesichter bei dem Geräusch. »Also, meine Musik ist immer noch besser als deine, Kindchen«, kommentierte Mick.

Die Scheibenwischer arbeiteten sich durch den einsetzenden Regen, die Scheinwerfer durch die Dunkelheit. Die Straßenbeleuchtung half bis zum Ortsausgang von Gstaad, dahinter spiegelte sich nichts mehr auf dem schwarzen Lack.

»Sex ist purer Luxus.«

»Gönn dir mal was!« Er kraulte sie hinterm Ohr.

»Man sollte den Status quo nicht verändern, wenn er perfekt ist.«

»Ist er perfekt?«

»Ein Orgasmus dauert im Durchschnitt vier Sekunden. Eine Freundschaft vielleicht ein Leben lang.«

»Vielleicht. Nein, war nur ein Scherz. Sie *wird* ein Leben lang halten. Du bist die Reinkarnation meines besten Freundes. Wenn der hinüber ist, bist du für mich da.« Er wandte sich nach hinten. »Und manchmal sind es vier Sekunden, die das Leben versüßen.«

»Und wenn ich mich verliebe?« Sie lenkte den Wagen durch die engen Kurven den Berg hinauf.

»Liebe? Was ist das? Nun werden wir aber wirklich etwas altmodisch. Ich bin noch nie richtig verliebt gewesen, Gott sei Dank. Liebe ist eine Krankheit, die nur Eifersucht, Angst und Wut erzeugt. Alles, bloß keine Liebe!«

»Du hast mich für heute genug zitiert, Mick«, kam es aus dem Dunkeln der hinteren Sitzbank.

»Also schön, reden wir Tacheles. *Ich bin* verliebt. Auch wenn ich es hasse, es zuzugeben. Ich will endlich mal eine Frau, die nicht mit mir redet und mich anfasst wie … ehm… na, sagen wir mal wie Mick Jagger.« Das Hemd über dem Waschbrettbauch zitterte vor Lachen. »Und du, meine Liebe«, er küsste die Fahrende auf die Wange, »bist die Einzige, die das für mich tut. Es gibt etwas, das nur du geben kannst. Ich will dich.«

Alex verriss die Lenkung. Mick erschreckte das nicht. Von der Rückbank kam keine Stimme.

»Ich hatte mal einen jungen Obdachlosen«, wich Alex aus. »Nachts in der Einkaufszone saß ich und tröstete ihn. Er hörte auf zu weinen und seine Lippe zu lecken, auf die ein paar Skins geschlagen hatten. Bis dahin hatte er mir schon drei verschiedene Versionen seiner Biographie erzählt. Ich holte ihm ein Mineralwasser aus der Kneipe, holte das Eis raus und legte es auf die Lippe. ›Wasser mit Eis und Zitrone‹, staunte er. Das war Luxus. ›Warum erzähle ich dir das alles?‹, sagte er, ›du fragst mich gar nicht aus. Deswegen will ich dich auch nicht mehr belügen‹. Er war wegen Diebstahl im Knast gewesen. Seine Hände waren schmutzig und klebrig. Der hat mich nicht gefragt, wer ich bin und was ich mache. Er wollte nur Wärme und Leben. Er fragt dich nur nach deinem Vornamen, damit er ihn dir ins Ohr flüstern kann. Mir hat noch nie jemand so viel Wärme gegeben. Nur weil ich ihm welche gegeben habe.«

Der Motor summte. Der Scheibenwischer war neu und lautlos. Hier und da klatschte ein Tropfen von einer Tanne auf die Windschutzscheibe. Die vielen kleinen Tropfen waren unhörbar. Micks Anzug raschelte, als er sich zum unsichtbaren David umdrehte. Auf dem Schwenk zurück steckte Mick den Mund in Alex Haare und seine

Stimme erreichte die tiefste Tonlage. »Es wäre schön, wie ein Penner von dir geliebt zu werden. Und ich meine das nicht ironisch.«

»Meine Freundin behauptet, man könne nur *einen* Mann lieben.«

»Ich denke, man kann ebenso viele Menschen lieben, wie es unterschiedliche Arten von Liebe gibt».

»Langsam fällt es mir auf die Nerven, von dir zitiert zu werden, Mick.«

Das Knirschen des Kieses verkündete ihre Ankunft. David öffnete die Tür, da gab ein Zedernast der Wasserlast nach und ergoss einen Wasserfall über die Regenrinne der Limousine. David zog die Tür wieder zu.

Alex kletterte über die Lehnen, zwängte sich zwischen den Kopfstützen hindurch und fiel in seinen Schoß. »Entschuldige, Chef.«

Mick war der Sportlichste, aber er konnte nicht zwischen den Kopfstützen hindurchschlüpfen wie sie. Er musste durch den Regen laufen. Er öffnete die Tür, es rauschte, bis er sie wieder zuschlug, um gleich darauf die hintere zu öffnen und es wieder rauschen zu lassen. Ein Schwall Tropfen schleuderte mitsamt seinem Mantel hinein. »Hast du noch ein Fläschchen Champagner, Boss?« Er öffnete das Kühlfach. David betrachtete den Körper auf seinem Schoß. Er lag in derselben Stellung wie sein Sohn vor dreißig Jahren. Nur dass Alex einen Meter größer war, nach Patchouli statt nach Milch roch und ihre Beine lang über den Schoß hinausragten. »Hast du keine Angst mehr?«

Der Korken floppte aus der Flasche, Mick beeilte sich, das geschüttelte Getränk in die Gläser zu verteilen.

»Wovor?«

»Vor Nähe. Eine Frau zu werden, die Kontrolle zu verlieren, die Macht, die Oberhand.«

»Du redest von dir. Du gibst mir doch sowieso keine Nähe.«

»Meinst du?«

Er legte die Wange an ihr Gesicht. Seine Hand strich das Abendkleid über ihre Hüfte und legte sich warm auf ihren Bauch. Das Fleisch zitterte. Sie strich über sein Gesicht und schloss ihm die Augen, das

Universum, das zu viel erkannte. Sie schloss seine Augen wie die eines Gestorbenen.

Mick wartete mit den Champagnergläsern in der Hand. Er leerte das eine, bis Alex auftauchte und ihm das andere aus der Hand nahm. Als sie getrunken hatte, gab sie es ihm zurück. Er hielt ihre Hand fest und küsste sie. Alex verlor den Überblick über die vielen Hände. Sie spürte sich durch die Sitzbank, durch das Blech auf den Rasen der Einfahrt fallen und schrie auf. David beruhigte sie mit dem Laut aus *China Girl*. Es gab nichts Originelles mehr, hatte Max Frisch gesagt.

Mick schlief auf der Sitzbank ein. Als David nach ihm sah, sang er: »I'm glad that you're older than me. Makes me feel important and free.«

Mick erwachte im Glauben, zu ertrinken. Er trank aus Alex' Mund Champagner und badete im Meer von der Temperatur der Südsee. Auch die Farben, die er sah, passten dazu. Vor allem Türkis. Als er auftauchte, um nicht zu ersticken und einen Atemzug zu holen, sah er das Blau, Lila, Rosa und Rot des Himmels bei untergehender Sonne. Und eine rüstige Fünfzigjährige tollte ihm nach. Sekunden später sagte Alex: »Du hast vielleicht ein Lungenvolumen.«

»Jahrelanges Training«, japste Mick. »Ich meine, Joggen, Kraftsport und Bühnenauftritte«, beeilte er sich hinzuzufügen und rang nach Atem. »Könntest du mich nächstens vorher wecken, bitte?« Er schlief wieder ein, diesmal im Bett.

Der Aufstieg ging langsam, sie sahen den Atem in schattigen Zonen der Felsen und der spärlichen Stämme. In der Sonne war es warm. David hatte das Zelt tragen wollen. Aber Alex überließ ihm das Essen. Er wunderte sich über das Gewicht, fragte aber nicht. Mick durfte unbeschwert aufsteigen. Er lag weit vorn und suchte die Markierungen.

Sechs Stunden später saß er neben David auf der Felskante und schaute über die Berge, die der Mond in Alufolie verpackte. Sie stachen aus der schwarzen Ebene und dem mitternachtsblauen Himmel hervor. Alex stand schräg hinter den Männern und sah abwechselnd ihre Rücken an und was die Männer betrachteten. Sie fror im Wind auf dem Gipfel.

David drehte sich nicht um, als er sie mit einer Handbewegung nach hinten zu sich rief. Alex setzte sich dicht zwischen die Freunde. Sie schwiegen.

»Ein Murmeltier«, flüsterte Alex.

»Ich sehe nichts.« Es war fast dunkel und in Davids mittlerem Sichtfeld verschwamm alles in Braun.

»Es kommt auf deine Füße zu.«

Sie erstarrten. Nun hörte man das Tier. Es grunzte und schnüffelte auf dem Boden zwischen Davids Beinen herum, bis Alex den Arm über seinen Oberschenkel gleiten ließ und die Hand nach dem Tier ausstreckte. Die Bewegung bemerkte es und rannte die Felsen hinunter. Alex zog enttäuscht die Hand zurück.

»Wisst ihr, was das jetzt war? Die unersättliche Gier des Menschen,

immer mehr haben zu wollen, als er bekommt. Reichte es nicht, dass
das Tier so nahe kam, musste ich versuchen, es zu berühren?«

Sie schwiegen eine Weile.

»Offenbar ja.«

»Jetzt ist es weg.«

»Bist du verrückt, bei dieser Kälte baden zu gehen in diesem kalten
Wasser?«

»Wenn der Schweiß weg ist und du mich anständig abrubbelst, wird
es wärmer als jetzt«, sagte Alex und schwankte vorsichtig mit nackten
Füßen zur Quelle.

Als sie gewaschen war, tastete sie nach dem Champagner. Sehen
konnte sie weder die Gräser, Schnecken, Steine, Algen und Flaschen
noch die Uhr. Aber was spielte das schon für eine Rolle, ob sie um
Punkt Mitternacht auf ihren Geburtstag anstießen oder früher oder
später. Geboren war sie, nur das zählte.

***

Die drei erlebten eine Zeit, die Alex das Paradies auf höherer
Ebene nannte. Gott Pan streifte erkennend und wahnsinnig durch
die Natur. Die Dreieinigkeit genoss Tage mit Wandern und kreativen
Spielen, die Spuren in der Musikgeschichte hinterlassen sollten. Am
liebsten saßen sie auf der Granitterrasse, als wollten sie die Sonne für
den Winter speichern.

»Es war eine herrliche Zeit. Sie verbrachten jede freie Minute miteinander. Sie waren alle drei sehr ruhig. Immer wenn ich sie sah, strahlten
sie diese Ruhe aus«, hatte Visconti über Bowies Zeit in Berlin gesagt.
Alex würde es einmal über ihre Zeit in Blonay sagen. Alles kehrte wieder und alles verging. Der Granit unter den Hintern wurde kälter. Noch
saßen sie draußen und tranken Dôle. Ihr Blick war auf die Zweitausender gerichtet, die sich von Tag zu Tag dickere und längere Schnee-
mützen aufsetzten. Davids und Alex' Füße spielten nackt miteinander.

David probierte Tanzschritte auf ihren Sohlen, bis Alex einen Zeh zwischen seine zwängte und den Rhythmus stoppte. Sie stand gleichsam auf seinen Füßen und forderte eine Entscheidung heraus, ob er sich entziehen oder bleiben wollte. Sie wandte den Kopf von ihren unvergänglichen steinernen Freunden zu den lebenden, deren Macht so groß wie die der Berge geworden war, weil sie es zugelassen hatte. Davids Blick entfernte sich, ihre Beine versuchten, die seinen noch zu halten.

Mick reichte Alex das Weinglas herüber. Sie fasste es samt der Hand und senkte es auf Davids Brust. David balancierte das Glas am ausgestreckten Arm über der Treppenstufe. Die andere Hand legte er auf Alex' Rücken, strich ihr vom Kopf bis zum Steißbein und ließ sie erschauern. »Rehrücken.«

»Das ist eine Speise, David. Man serviert sie vorzugsweise mit Rotkohl und Knödeln oder Kartoffeln.«

»So? Passt nicht zu deinem Rücken. Ich bevorzuge ihn mit Oliven und Champagner auf safranfarbener Seide oder eingelegt in Meerwasser.«

Er küsste sie, um ihr die Lider zu schließen. Als sie sie wieder öffnete, war er nicht schnell genug, die Augen niederzuschlagen und Alex sah, dass sie feucht waren.

»Ich werde euch in Erinnerung halten als die Männer, die mich auf Granit geliebt haben».

Als es draußen zu kalt geworden war, setzten sie sich vor den Fernseher. David lehnte sich an Mick, den größeren, den erfolgreicheren, den er brauchte, um sich in ein Koordinatensystem einzuordnen. Zwar hatte er Superman sein wollen, aber nicht Gott. Also war Mick ein Konstrukt, ein Halt wie das Kreuz, das er vom Stoff des Hemdes befreite, als Alex den Kopf auf seine Knie legte. Tee- und Dôlegläser standen zwischen ihren sechs Beinen auf dem Boden. Sie schwiegen und starrten die Bilder von Jahrhundertstürmen und Überschwemmungen an, die Kulturschätze zerstörten und Menschenleben töteten. Versicherungen forderten etwas dagegen zu tun und für eine nachhaltige Entwicklung zu sorgen, andernfalls bräche das Wirtschaftssystem zusammen. Europa schaute zum großen Bruder Amerika, aber der Präsident war im Irak beschäftigt. Afrika blickte nach Europa und wartete auf Innovationen erneuerbarer Energietechnik, die beide unabhängig machen würden, aber China erklärte, es wolle ebenso wohlhabend werden wie die westliche Welt, also sollte die erst einmal Zeichen setzen. Solange rüstete es für den Krieg um die letzten Ölreserven auf. Sobald Russland die innenpolitischen Probleme gelöst hätte, würde es dasselbe tun.

Alex hatte sich an die Bilder gewöhnt. Anfangs war sie stehengeblieben, hatte ihre Tätigkeit unterbrochen, bis die Nachrichten vorbei waren. Jetzt lag sie da und ließ die Ereignisse geschehen.

David raufte die Haare.

»Was hast du?«, fragte Mick. »Sag bloß, du machst dir Sorgen um die Weltbevölkerung.«

»Um einen winzigen Teil der Weltbevölkerung. Wie stellst du dir die Zukunft vor, Alex?«

»Alles wird aussehen wie *Global City*.«

»Ich meine *deine* Zukunft.«

»Überhaupt nicht.«

»Alex!«

»Alles wird gleich sein, wo ihr nicht seid. Ihr seid mein Motor, meine Motivation. Ich habe vieles gemacht, es war Ersatz für das Simple, was des Menschen Leben ausmacht. Glück ist Minutensache, sagt Schopenhauer.«

»Das war dieser Deutsche.«

»Es gibt mehrere. Und jedes Leben hat seinen Höhepunkt.«

»Es gibt mehrere.«

David zog sie über seinen Schoß zwischen sich und Mick, sie badete in menschlicher Wärme, bis David den Stöpsel zog, die Zeit des warmen Bades ausfließen ließ, aufstand und den Fernseher ausschaltete.

»Magst du hierbleiben oder willst du auch weg?«

»Darüber konnte ich mir noch keine Gedanken machen, David.«

Er zog eine Schreibtischschublade auf. »Hier liegen Schlüssel von meinen Wohnungen in NY, L.A. und Sydney. Sie stehen leer und dir offen. Die Adressen liegen bei, du brauchst sie nur dem Taxichauffeur zeigen. Ich lege dir einen Scheck für die Flüge dazu. Außerdem überweise ich dir genügend auf dein Konto, damit du nie in Schwierigkeiten gerätst.«

»Ich gerate wegen anderer Dinge in Schwierigkeiten. Ich habe genug Geld.«

»Weißt du, wie hoch die Lebenshaltungskosten in Australien sind?«

»Nein, aber ich brauche fast nichts.«

»Wenn ich nicht da bin, brauchst du mehr.«

»Das habe ich schon eingerechnet.«

»Alex, ich fühle mich nicht stark genug, mit dir zu diskutieren. Bitte nerv mich nicht. Ich mache sowieso, was ich will.«

»Das sehe ich.«

»So hab ich das nicht gemeint.« Er stand auf, blieb neben ihrem Sessel stehen, legte die Hand auf ihre Schulter, bevor er an ihr vorbeiging.

Sie speisten noch einmal gemeinsam im Clos de Mésanges und nannten es *das letzte Abendmahl,* als wäre eine Tournee oder ein Leben zu Ende gegangen. David setzte den Hut auf und ging fort.

Alex starrte die Zweitausender an. Mick ließ sich nicht nüchtern und schwer neben Alex auf die kalte Veranda fallen, hüllte sie in seinen Mantel und strich ihr übers Haar. »Er ist wie eine Droge: macht süchtig und ist tödlich.«

»Du lebst noch.«

»Morphine and chocolate are my substitutes. Nette kleine Frauen vertreiben mir die Zeit.«

»Warum habt ihr euch nie dazu entschlossen zusammenzuziehen?«

»David ist konservativ.«

»Kannst du dich etwas ausführlicher äußern?«

»Er bezeichnet mich öffentlich als eine Jugendsünde.«

»Bitte, Mick.«

»Nie hat er die Kette und Eisenkugel des Bürgertums vom Fuß gezogen. Er hat seine Rolle nur um der Wirkung willen gespielt. Er war clever, ehrgeizig und fleißig und hat alles getan, was er für nötig hielt. Zum Beispiel schockieren. Denn die Leute wollen schockiert werden.«

»Aber er hat immerhin Visconti so schockiert, dass er aus dem Londoner Haus ausgezogen ist, weil ihn der Lebensstil der Bowies genervt hat und David unzuverlässig war. Und Visconti war doch nun wirklich kein Spießer.«

»Der Lebensstil der Bowies. Der ging auf Angie zurück.«

»Du hast sie geliebt, oder?«

»Soweit man sie lieben konnte, ja.« Er drückte Alex an sich und schloss sie in den Ledermantel ein. »Sie hatte auch so einen schönen androgynen Körper wie du.«

»Umgibst du dich mit jungen Frauen, um das Leben zu verlängern, weil du Angst hast, unter denen zu sterben, die deinen Tod zwar abgrundtief tragisch finden werden, aber anschließend nichts Besseres zu tun haben, als Schlagzeilen daraus zu machen?«, erinnerte sie an das, was er vor Monaten in einem Anfall von Wut gesagt hatte und an das, was sie bei Terrys Tod erlebt hatte.

»Willst du mir statt seiner die Hand halten, wenn ich sterbe?«

»Das werde ich. Aber ich bin kein Ersatz.«

»Doch, du bist schon gut. Aber du bist zu jung. So was macht einen ziemlich nieder, weißt du? David hat das schon einmal mitgemacht. Noch mal will er nicht.«

»Natürlich will er.«

»Dann kriegt er Ärger mit seiner Frau.«

»Das wird ihn kaum interessieren.«

»Es interessiert ihn jetzt. Und wenn er sich einmal zu einer Rolle entschieden hat … Er setzt seine Ideen konsequent durch.«

»Aber …«

»Halt den Mund, Alex. Halt du mich im Arm. Du bist schon ein guter Ersatz, du Reinkarnation meines besten Freundes. Komm her.«

»Ich will nicht.«

»Warum nicht?«

»Ich bin nicht in Stimmung.«

»Komm, ich streichle dich weich«, sagte seine Whisky-Stimme. »Du wirst sehen, dann tut es nicht mehr so weh.«

***

Schließlich reiste auch Mick ab.

Alex verbrachte Tage damit, auf dem safranbespannten Bett der Männer zu sitzen. Sie erinnerte sich, sie sang, sie schaute aus dem Fenster, schließlich war sie leer.

Sie kletterte auf ihr altes Auto und starrte in den Sonnenuntergang über den schneeigen Abendkleidern der Zweitausender. Sie drehten sich um Alex auf dem Autodach.

TÜV und ASU waren längst abgelaufen. Eines Tages würde sie die Deutsch-Schweizer Grenze passieren und entweder legte die Polizei den Wagen dann still oder ließ sie passieren. Sie lachte und sang: »Now she's stupid in the street and she can't socialize«.

Sie schloss den Wagen auf. Spinnen hatten Fangnetze und Nester für den Nachwuchs gebaut, Kellerasseln ausgelutscht und Falter entkernt. Alex holte die Maschine, die sie für die beste Erfindung des 19. Jahrhunderts hielt, die aber abhängig vom Strom war, sodass sie ein Kabel über die Treppe ziehen musste. Die Maschine vermischte Lebendiges und Totes in einem Staubsack und Alex konnte die CDs wieder durchwühlen. Zuletzt musste sie die von *Queen* in der Hand gehalten haben.

In der Hütte, deren Schlüssel sie im Arbeitszimmer fand, entdeckte sie eine Gitarre. Alex reinigte sie und zog neue Saiten auf. Sie lagen satzweise im Haus herum. Warum ließ David das edle Holz mit dem dunklen Klang in der Hütte verkommen? An versteckter Stelle an der Rückseite des Halses erfühlte sie Kerben. Sie drehte die Gitarre um und fand die Initialen F.M.

Solange Alex sich erinnerte, hatte David die Hütte aus grob geschlagenem Granit nicht betreten. Wahrscheinlich seit dem Tod des Freundes nicht mehr. Damit war auch klar, warum er die Gitarre verstauben ließ. Terry war für ihn schon gestorben, als er wahnsinnig geworden war, Lennon hatte ihn alleingelassen und Mercury ebenfalls.

Sie legte die Gitarre von sich weg auf die Bettkante. Vielleicht gehörte es sich nicht, sie zu gebrauchen. Doch um in der Hütte zu vergammeln, war sie zu schade.

Schließlich brachte sie sie ins Archiv, holte eine andere Gitarre von der Wand und hängte Mercurys hin. Möglicherweise würde es David schockieren ihr unerwartet zu begegnen. Möglicherweise wollte Alex das. Sie ging zurück ins Schlafzimmer und lernte Jacques Brels *Amsterdam* auswendig, das David oft gesungen hatte. Er selbst war ihm in Paris begegnet.

Anschließend übte sie den uralten Song »Don't be afraid of the man in the moon, because it's only me … Lieb' dich bis Dienstag. Na ja, vielleicht wird's ja auch Mittwoch?« Er fand ihn selbst idiotisch.

Sie legte die Gitarre weg und verschaffte sich Bewegung. Einige Tage lang versuchte sie einen Aufstieg, aber sie fühlte sich zu schwach, um den Gipfel zu erreichen.

Ab und an zwang sie sich hinunter nach Montreux zu fahren, aber die Stadt war grau und kalt zu Beginn des Winters.

Schien die Sonne, verschaffte sie sich ein paar Gefühle dadurch, mit fliegenden Haaren um den Genfer See zu steuern und sich in Cafés in Lausanne, Fribourg und Genf die Zeit zu vertreiben. Sie nahm einen Anhalter oder eine Anhalterin mit, ganz wie David es vor Jahren in L.A. getan hatte. Doch sie lud nie einen ein, mit ihr nach Hause zu kommen. Sie sollten Clos de Mésanges nicht kennenlernen.

Feuchtes Tannenholz prasselte im Kamin. Wenn sie von draußen Holz holte, sah sie, wie gemütlich es von außen wirkte. Die Kerzen und das Feuer verbreiteten ein goldenes Licht und zeichneten die Möbel weich. Sie stand draußen und weinte.

On the road again

Die Tasse schwappte gefährlich. Die Straßenkarte rutschte vom Armaturenbrett, der Beifahrersitz klappte nach vorn, war nicht eingerastet gewesen wegen des vielen Gepäcks hinten. Die Tasche mit Haarspray und Büchern öffnete sich und ergoss ihren Inhalt über den Meeresfrüchtesalat und die Pfirsiche im Fußraum. Die Staus begannen. Von Reportern ironisch kommentiert.

Ein paar Hundert Kilometer später stieg sie steif aus dem Wagen, dessen Lack so matt war, dass sich die Kastanien zwischen den Straßenlaternen nicht in ihm spiegeln konnten. Alex sog die Luft ein. Sie roch nach Tiefdruck und sonst gar nichts. Die Handtasche holte sie aus dem Wagen, um sogleich zu baden und ins Bett zu kriechen. Einen Teil des restlichen Gepäcks würde sie morgen früh herauftragen.

Am Morgen taperte sie mit halb geschlossenen Augen, in der einen noch schlafwarmen Hand den Autoschlüssel, in der anderen die Tasse Kaffee, auf die Straße und auf den Parkstreifen unter den Kastanien. Kein Auto parkte zu dieser Stunde hier. Ihres auch nicht. Alex machte die Augen weiter auf, weil sie nichts sah, riss sie auf und fand trotzdem ihr kleines rotes Auto nicht mehr. Sie schüttelte den Kopf, schüttete den Kaffee auf den markierten Parkstreifen, auf dem ihr Wagen gestanden hatte, drehte sich um und warf den Autoschlüssel über die Schulter.

Als Alex ihren neuen Laptop bekam – den ersten Solarlaptop auf dem Markt -, und als sie ihren Chatroom anwählte, da mailte man ihr zurück, dass Mr. Bowie schon seit Jahren nicht mehr in Blonay lebte. Wo *sie* denn lebe, dass sie das noch nicht wusste?!

Liste der zitierten und der angedeuteten Songs:

Dank

Ich danke Bowies Biografen, insbesondere George Tremlett für »David Bowie, Die Biographie«, aus dem Englischen von Thomas Hag, Köln 1995.

Diese Biografie habe ich zu den folgenden Stichworten verarbeitet:

Elisabeth Taylor, Roman S. 20, Tremlett S. 229
Gemälde, Roman S. 20, Tremlett S. 299
Pitt/Defries, Roman S. 22f., Tremlett S. 23, 129f., 134f., 155, 223f.
Angela Bowie, Roman S. 24, Tremlett S. 97
Bühnenbild, Roman S. 24f., Tremlett S. 229
Kuckucksuhr, Roman S. 25, Tremlett S. 243
Berlin, Roman S. 27f., Tremlett S. 256ff.
Frühstück, Roman S. 28, Tremlett S. 223
Barrieren, Roman S. 29f., Tremlett S. 241, 300
Kooks, Roman S. 30, Tremlett S. 147
Normaler Mensch, Roman S. 30, Tremlett S. 279
Edmund Gosse, Roman S. 31, Tremlett S. 192f.
Pop-Lebensstil, Roman S. 31, Tremlett S. 278
Cocos Mutter, Roman S. 36, Tremlett S. 253
Angie Bowie, Roman S. 36ff., Tremlett S. 114, 128, 240ff., 254, 258f., 269
Manager Roman S. 39, Tremlett S. 61
Terry, Roman S. 41, 50, Tremlett S. 18ff.
TVC 15, Roman S. 42, Tremlett S. 249
Bette Middler, Ava Cherry, Roman S. 47, Tremlett S. 228
Superman, Roman S. 51, 157, Tremlett S. 19f.
Frauenkleid, Roman S. 53, Tremlett S. 140f., 162f.
Kokain, Roman S. 62f., Tremlett S. 206
Young Americans, Publikum, Roman S. 62, Tremlett S. 189, 226
Bianca Jagger, Marianne Faithful, Amanda Lear, Roman S. 71, Tremlett S. 204

Inhalt

© 2017 **asso**verlag, Oberhausen
Alle Rechte vorbehalten
Umschlaggestaltung: KNSYS
Printed in Germany

ISBN 3-938834-86-2